光文社文庫

長編時代小説

# 門出の陽射し

## 父子十手捕物日記

鈴木英治

KOBUNSHA



光　文　社

目次

# 門出の陽射し　父子十手捕物日記

# 第一章　猫に蒲鉾

## 一

くつくつと笑っている。

「どうしたんだ」

木刀を持つ手をとめて、御牧文之介《みまきふみのすけ》は新妻に声をかけた。

縁側のお春《はる》が顔をあげる。澄んだ瞳《ひとみ》が星のような光をたたえて、文之介を見つめた。

手に縫いかけの雑巾《ぞうきん》がある。まだ笑いは消えきらずにいた。斜めに射《さ》しこむ日の光を浴び、耳が透けて見えている。

「ちょっと思いだしたの」

やわらかく目を細めてお春がいった。

「ふーん、思いだし笑いか。お春、なにを思いだしたんだ」

文之介は、木刀の先を地面に突き刺した。軽く体を預ける。

「桑木《くわき》さまよ」

——桑木又兵衛《またべえ》。文之介の上役の役割を担っている町奉行所《まちぶぎょうしょ》の与力《よりき》である。

お春が又兵衛のことで笑うとしたら、一つしかなかった。

「腹踊りだな」

「ええ、そうよ。あんなにおもしろい踊り、初めて見たわ」

五日前に行われた文之介とお春の祝言は、盛況だった。これまで文之介たちが世話になったすべての人が、この八丁堀《はっちょうぼり》の屋敷に集まった。二百に近い人が、二人の門出を祝ってくれたのである。

いったいいつの間に習得したのか勇七《ゆうしち》の皿まわし、勇七の妻である弥生《やよい》の技巧を凝らした三味線、名もないうどん屋の親父《おやじ》の目をみはる手妻《てづま》、丈右衛門《たけえもん》とお知佳《ちか》の二人羽織《ににんばおり》など、いろいろな余興が次から次へと行われたが、そのなかで文之介たちが引っ繰り返るほど笑い転げたのが、又兵衛の腹踊りだった。

又兵衛とはもう四十年のつき合いになるはずの父の丈右衛門も、桑木さまにあのような芸があるとは思わなんだ、とあっけに取られていた。

むろん、文之介も目にしたのは初めてだった。

ふつう腹踊りというと、人の顔を描いた腹をふくらませたり、引っこませたり、波打たせたりして見る人を楽しませるものだが、又兵衛の腹踊りは一風、変わっていた。題は河童《かっぱ》の川流れということで、腹に墨で描かれていたのはまさしく河童の顔だった。その動きのおもしろさや表情を醸《かも》しだす巧《たく》みさは、素人芸《しろうとげい》の域をはるかに越えていた。へそが河童の口になっており、それがぱくぱくと苦しげにあえぎ、流れに押しやられてゆくさまは迫真の演技で、まさに本物の河童の魂が又兵衛に宿ったのではないかとすら思えたものだ。

いま思いだしてみても、文之介も自然に笑いがこみあげてしまう。

「桑木さま、あんなにおもしろい踊り、いつお覚えになったのかしら」

お春が不思議そうにいう。

「気になってあとできいたんだけど、ずいぶんと若い頃、先輩の与力に教わったらしい」

「へえ、そうなの。ずいぶん芸達者な先輩がいらっしゃったものね」

「まったくだな。芸達者といえば、勇七の皿まわしもすごかった」

「本当ね。最後のほうなんていっぺんに五つもまわしていたもの。すごい迫力だったわ。勇七さんて、なんでもできるのね。あんな芸があるなんて、知らなかった」

「うん、俺《おれ》も知らなかったな。多分あいつ、俺たちの祝言のために、必死に習ったにちがいねえ」

「血のにじむような努力をしたんじゃないかしら。あそこまでできる人なんて、なかなかいないもの。お金を取れそうなくらい立派な芸だったわ」

まったくだな、と文之介は思った。

「あなたを喜ばそうとして、勇七さん、必死にがんばったのね。そんなに一所懸命になってくれる友垣《ともがき》がいるなんて、私、うらやましいわ」

お春に、あなた、といわれるたびに文之介は有頂天《うちょうてん》になる。まだ一緒になる前に、あなたと呼ばれたことがなかったわけではないが、妻としてのお春にあらためてこう呼ばれるのを、ずっと夢見ていた。

「勇七が一所懸命になったのは、俺だけのためじゃないさ」

いって文之介はお春を見つめた。お春が小さくうなずく。

「うれしいわ。――弥生さんの三味線も、玄人《くろうと》はだしだったわね」

「ああ、とても上手だった。手習《てならい》師匠だけでなく、小唄《こうた》の師匠もできるんじゃないかって思ったよ。――父上と義母上《ははうえ》の二人羽織も、楽しかったな」

ええ、といって、お春が目尻《めじり》を下げる。もともとたれ目でかわいらしい顔をしているが、笑うとさらに愛くるしくなる。文之介は抱き締めたくなってしまう。

「お義母《かあ》さま、遠慮なくお饅頭《まんじゅう》やお団子を、おじさま、ううん、お義父《とう》さまの顔になすりつけていたわね」

「うん、父上もさすがに最初は勘よく食べていたけれど、最後には顔があんことたれだらけになっていたな」

「でも、お義父さま、うれしそうだった。心の底から笑っているお義父さまのお顔を見るのは、久しぶりだった」

「本当だな。最後に見たのはいつだったかな。義母上をめとられたときかな」

「おじさま――どうもまだいってしまうわ、お義父さま、お顔についたあんことたれ、すべておいしそうにぺろぺろと食べていらしたわね。いつもは眠ってばかりいるお勢《せい》ちゃんも一緒になって」

「うん、お勢は夢中になって父上の顔をなめていたな。でも、あれは実によかった。食べ物を粗末にするのは、やはり気持ちのよいものではないからな」

今日、文之介は非番だ。五日前の祝言は夕方から行い、翌日は休みではなかった。ふだん通りに文之介は仕事に出かけ、中間《ちゆうげん》の勇七とともにしっかりと職務をこなした。

今日は堂々と休むことができる。幸いにも、ここ最近、殺しのような大きな事件は起きていない。

幼い頃から大好きでたまらなかった女性《によしよう》を妻とし、こうしてのんびりできる。これ以上の仕合《しあ》わせがあろうか。

お春は眉《まゆ》を落としている。ただし、お歯黒《はぐろ》はつけていない。最近ではそういう女房が多くなっている。当世風といっていい。芸妓《げいぎ》が最初にはじめたという。

お春には、人の妻らしい落ち着きがすでにある。

いま文之介たちは屋敷に二人きりだ。気恥ずかしい感じはあるが、文之介は飛びはねたいくらいだ。

このかわいい女性が俺のご新造《しんぞ》さまだぞ。

江戸中に触れまわりたいくらいだ。

むろんそんなことはできないので、文之介は代わりに力をこめて木刀を振るった。非番のときくらい少しは稽古《けいこ》をしておかないと、腕がなまりそうで、怖い。

気合をこめて、十度ばかり振りおろした。そのくらいでやめたのは、お春が物思いにふけっているのに気づいたからだ。

「どうした」

文之介はお春に声をかけた。

お春が顔をあげる。雲に隠れて日が少しかげったが、まばゆさに変わりはない。

「お義父さまとお義母さまは、どうしていらっしゃるのかなあ、と思って」

「まだ気に病んでいるのか」

ううん、とお春が首を横に振る。

「あなたのいう通り、私たちが追いだしたわけじゃないのは、わかっているの。ただ、どうしているのか、気になっただけよ」

文之介は木刀を肩にのせて、濡縁《ぬれえん》に腰をおろした。

「俺たちが一緒になることが決まって、父上たちはこの屋敷を出られたわけだけど、父上自身がおっしゃったわけに嘘《うそ》はない。決して俺たちに遠慮したわけではないよ」

「それはよくわかっているの。ただね、私はお義父さまたちと一緒に暮らしたかったの。きっと楽しかっただろうなあ、って」

お春が文之介を見つめ、あわてていい添える。

「あなたとの暮らしが楽しくないっていっているわけじゃないわよ」

文之介はくすりと笑って、お春の細い肩に手を置いた。

「父上たちと一緒だったら、またちがう楽しさがあったはずってことは、俺もよくわかっているよ」

「包丁を教えてもらいたかったのだけど」

お春がぽつりという。

「俺も、お春と義母上が並んで台所に立つところを見たかった」

祝言の三日前に、丈右衛門たちは居を定めた深川《ふかがわ》に、家族三人で越していったのだ。

「父上はどうしているだろう。商売はうまくいっているかな」

文之介は上空を仰いだ。また太陽が雲のあいだから顔をのぞかせている。筋となって射しこんだ明るさが庭に満ち、木々や草花が気持ちよさそうに揺れていた。

文之介は、よっこらしょと立ちあがった。ふらりとする。

「大丈夫」

お春がびっくりして支える。文之介はぎゅっと抱き締めた。

「もう、なにしているの。あたし、縫い物の最中なのよ」

文之介の腕のなかで、縫いかけの雑巾を手にお春が怒った顔をする。もっとも、目は笑っている。

「針で突き刺すつもりか」

「そうするかもしれないわよ。——わざとよろけたのね」

「そうさ。悪いか」

このまま押し倒したい気分だったが、さすがに真っ昼間のことで、ここは遠慮しておくしかない。

「お春、二人きりだと、こういうこともできるんだぞ」

文之介は腕に力をこめた。体の柔らかみが伝わる。

「もう馬鹿《ばか》ね。人の目ってものがあるでしょうに」

庭の向こうは塀がめぐっているが、のぞこうと思えばのぞける高さしかない。

お春が文之介からそっと逃れ出た。濡縁に再び正座する。

「お義父さまのことだから、商売に関しては、私は安心しているの」

番所《ばんしょ》に長年奉公していたこれまでの経験を生かすつもりだと丈右衛門は力強くいっていたが、そうたやすく金になる仕事が入ってくるものなのか、文之介はさすがに危ぶんでいる。今、世の中は不景気の真っ最中だ。

「なんといっても、お義父さまのお言葉がよかったわ」

風に静かに揺れている白い大輪の花を眺《なが》めて、お春が静かにいう。

文之介はなんという花か知らないが、大ぶりの花びらをつけており、甘い香りが鼻先を漂ってゆく。

「世間を広めたい、か」

「ええ。あのお歳《とし》、といってはいけないんだけど、五十六歳の割りに好奇のお心がとても強くて、まだまだお若いってよくわかるわ」

――見聞を広めるためには八丁堀の屋敷では都合が悪い。頼み人が来ぬ。

丈右衛門はこう断言していた。

最後に付け加えてこういったものだ。

――実をいうと、わしらも水入らずの暮らしを市井《しせい》に出て楽しんでみたい。

文之介は雲に父の顔を描いた。

本当にうまくいっているのだろうか。

二

「湯之吉《ゆのきち》。出ておいで」

御牧丈右衛門は中腰になってあたりに呼びかけつつ、両側から木の塀が迫っている路地に奥深く足を入れた。

まず塀の上に目を走らせた。視界に入ってくるものはない。

あまり日が射さない路地は地面が湿り、塀の下には苔《こけ》がびっしりと生えていた。

しゃがみこみ、丈右衛門は苔をじっくりと見た。

塀の下はわずかな隙間《すきま》があいているが、猫がくぐっていったような形跡は見当たらない。

「この近くにはおらぬか」

どっこらしょ、といって丈右衛門は腰を伸ばした。

「痛いな」

腰をさする。

「それにしても、この仕事は老体にはこたえるな」

ふう、と息をついた。だが、弱音を吐いてはいられない。これは自分で望んだことなのだから。

丈右衛門は路地を抜け、やや広い道に出た。日の光が満ち、潮の香りを濃くはらんだ風が通り抜けてゆく。知らず、深く呼吸をしていた。

すぐ近くに口をあいている別の路地をのぞきこんだ。

猫どころか、人の姿もなかった。

「湯之吉」

おびえさせないように、やさしい声を心がけて呼びかける。塀の上にはいない。念のため、背後の木の枝にも目を向けた。やはり姿はない。

猫は木にはのぼらぬのかな。

「湯之吉、出ておいで。怖くないよ」

こういうのを、まさに猫なで声というのかな。

丈右衛門は頬《ほお》と顎《あご》をなですった。少し汗がついた。

お勢以外にこんな声をだす日がくるなど、思ってもいなかった。

——湯之吉は臆病者《おくびょうもの》だから、決して大きな声をだしちゃあ、いけないよ。

依頼してきた元吉《もときち》の言葉だ。仕事の代は三文でしかない。なんの儲《もう》けにもならないが、これが記念すべき最初の仕事だった。

もっとも、飼い猫探しが初めての仕事になるとは、さすがの丈右衛門も予期していなかった。

八日前、やくざ者の紺之助《こんのすけ》の斡旋《あつせん》で越してきた一軒家に、丈右衛門は一枚の看板を掲げた。

それには墨書で『お悩み事、お困り事、お片づけ申し候《そうろう》』と太く大きく記した。その文の下に、代については応相談、と控えめな書体で書いた。

丈右衛門としては、町奉行所には駆けこめない、あるいは決していえないようなことを市井の者たちに気軽に頼んでもらえれば、という気持ちではじめた。

看板を掲げて六日のあいだ、まったく依頼はなかった。

今にも枝折戸《しおりど》がひらくのではないか、すぐにも訪《おとな》いを入れてくるのではないか、と丈右衛門はずっと家にいて待ち構えていたが、訪れる者など、ほとんどいなかった。

やってきたのは、お知佳目当ての小間物《こまもの》売りだけだった。

ようやく得た仕事は、こうして取りかかっている猫探しである。

泣き腫《は》らした目をしてやってきた依頼者の元吉は、もう三日も湯之吉を探していると いう。だが、どこを探しても、どうしても見つからないのだそうだ。

湯之吉の姿を求めて町をうろついている際、この家の看板を目にし、藁《わら》にもすがる思いで元吉が枝折戸をあけたのがわかったので、丈右衛門は必ず湯之吉を探しだしてやる、と力強く請け合った。

元吉の顔から憂いの色が、若干でも取り払われたのが、丈右衛門の気持ちを明るくした。

代については、依頼者がまだ十にも満たない男の子なので、丈右衛門はいらぬといったのだが、元吉はどうしても払いたい、といい張った。

それで仕方なく、元吉の手持ちの十文のうち、三文だけをもらった。丈右衛門がよほど窮しているように見えたのか、湯之吉が見つかったら、七文を後金《あときん》で支払うから、と元吉が付け足した。

仕事に飢えていた顔を、金に困っていると勘ちがいされたのだろう。

昨日の午後、お知佳とお勢の見送りを受けて、丈右衛門は家を出た。

家自体はかなり広い。丈右衛門と親しくしているやくざ者の紺之助は、家作《かさく》をいくつか持っている。そのことを知っていた丈右衛門は、一軒を貸してくれるように頼んだのである。

お安いご用ですよ、と丈右衛門の住まいを提供できることに喜色を浮かべた紺之助が、自ら数軒の家に案内してくれた。

そのうちお知佳が最も気に入った家を、丈右衛門は選んだ。

家は深川富久町《とみひさちょう》にあり、生垣に囲まれていた。

富久町は西側に水路が流れ、南側は斜めに油堀《あぶらぼり》に面し、北側は三河西尾《みかわにしお》で六万石を領している松平《まつだいら》家の下屋敷がでんと建っている。さして広いとはいえない町だが、常に潮の香りがしていて、気持ちが落ち着く。

格安の家賃にいたしましょう、と紺之助はいったが、丈右衛門はそこまで甘えるつもりはなかった。相場の代を払う、といったら、丈右衛門の性格を熟知している紺之助は、よろしいですよ、とあっさりと了承した。

丈右衛門としては、町奉行所の定町廻《じょうまちまわ》り同心《どうしん》だった経歴を生かし、難事件の解決に当たりたかったが、さすがにいきなりそんな依頼が来るはずもなかった。

ちと甘かったな。わしらしくもない。

丈右衛門は頭をこづきたかった。

そのあたりは口にこそださなかったが、文之介も危惧《きぐ》している様子だった。

しかし、そのうちきっとうまくまわりはじめるさ。なんでも最初から順調にゆくものではない。信用を得ること。まずはそれからだろう。

猫の湯之吉探しの仕事は、町人たちから信頼を得る、取っかかりといってよい。

それにしても――。

あたりを見まわして、丈右衛門は鬢《びん》をがりがりとかいた。

見つからぬな。いったいどこに行ったのだろう。どこに身をひそめているのだろう。

隠れてなどいないのか。猫の気まぐれでちょっと足を延ばして散歩を楽しんでいるのか。

丈右衛門は空腹を感じ、立ちどまった。すでに暮色があたりに漂いはじめている。腹も減るはずだ。昼に、かけ蕎麦《そば》を二杯、食べたきりだ。

湯之吉は元吉にとてもなついている猫で、寝るときも一緒だったそうだ。

白い猫で、額に黒い点が三つあるのが大きな特徴だという。湯に浸《つ》かるのが子猫の頃から大好きで、元吉が湯之吉という名をつけた。

元吉は九歳で、手習所に通う年齢だ。朝の五つから午後の八つまでは近所の手習所で、机に向かっている。

手習所に猫を連れてゆくわけにはいかないので、そのあいだ、湯之吉はだいたい家のなかにいるか、近所をうろうろしているとのことだ。

だが、五日前、手習所のあとにいつも遊んでいる友垣たちとわかれて家に戻った元吉が湯之吉を呼んだところ、ふだんならすぐに声をききつけて寄ってくるはずなのに、その日に限っては姿を見せなかった。

なにかあったのではないか。

元吉は直感でそう思った。心配で心配でたまらず、その日は暗くなって親にとめられるまで近所を探しまわった。

翌日、元吉は手習所に行くふりをして、いくつかの湯屋をまわってみた。しかし、湯之吉らしい猫を見た人はいなかった。

最悪の場合、三味線の皮にされてしまった恐れもあるが、そのことは元吉は考えないようにしているようだ。

丈右衛門もそのことは頭の隅にも置いていない。あるのは、必ず見つけるという信念だけだ。

元吉は翌日も手習所を休んだという。昨日も行かなかった。

だが、これ以上休むと、手習師匠から親に知らせが行くはずだ。やはり親に心配はかけたくない。

稼ぎがあまりいいとはいえないのに、父親は束脩《そくしゅう》をちゃんと払ってくれている。その思いに報いたい。

元吉ははっきりとそういった。親思いの、とてもいい子だ。

元吉が動けない分、丈右衛門は足となって湯之吉を見つけださねばならない。

じきに日が西の空に没する。あたりは急速に闇色《やみいろ》に染まってゆく。

しかし、夜になろうと、丈右衛門にあきらめるつもりはない。

今もきっと元吉は、長屋で吉報を待っているにちがいないのだ。

その思いに応《こた》えぬでどうする。この気持ちで丈右衛門は一杯だった。

三

さぞ痛かろうなあ。

蓑《みの》を着こんで、文之介は玄関にたたずみ、真っ黒な空から絶え間なく落ちてくる雨の様子を見つめた。

大粒の雨が地面をえぐり、次々に穴をうがってゆく。いいように殴打され続けている草花たちはじっとうつむき、ひたすら耐えている。木々の葉も、今にも地面に叩《たた》き落とされそうだ。

小川のような流れが、幾筋も庭にできている。流れは絡まり合いながら、右手のほうに向かってゆく。

あけ放たれた門の向こうにも、小さな水柱が間断なくあがっている。隣の屋敷の屋根や木々がけぶって、かすんでいた。

「すごい雨ね」

そっと寄り添ってお春がいう。屋根や庇《ひさし》が打たれる音で、お春の声がきき取りにくい。

文之介は首を曲げて、耳を寄せた。

「私なんか、外に出るのが怖くなってしまうような降りだわ。こんなにひどい雨のなか、行かなきゃいけないなんて、やっぱりたいへんね」

雨のにおいのほかに、甘い香りがほのかに立ちのぼり、お春の体を包みこんでいる。文之介は胸一杯に吸いこんだ。

「俺はちがうんだ」

お春が小首をかしげる。こういう仕草がかわいくてならない。文之介は手を伸ばそうとして、思いとどまった。

「ちがうってなにが」

お春が、文之介の手の動きを追いつつ、たずねる。

「こういう大雨は、幼い頃から大好きなんだ。血が躍る」

お春が納得したように深くうなずく。

「そういえばおとっつぁんにも、そんなところがあるわ。雷が鳴ると、顔を輝かせて縁側に出てゆくもの」

「そのまま縁側に座りこんで、雷をじっと眺めているんだろう」

「ええ、稲妻が空を切り裂くたびに、おお、とか、わあ、とか、ああ、とか声をあげているわ」

「俺も雷見物は大好きだ。すごい稲妻があらわれると、次にどれだけ強烈な音が発せられるか、楽しみにしてしまうものなあ」

「おとっつぁんもそうよ。わくわくしているのが、わかるわ」

文之介は再びお春に目を当てた。

「お春は雷が鳴っている最中、布団をかぶっているなんてことはないんだな」

「ええ、ないわ。さすがに縁側に出ようって気にはならないけれど、そばでおとっつぁん見物をしているの」

「藤蔵《ふじぞう》さん、じゃなくて義父上《ちち》はまじめだからな、どんな顔で雷を眺めているのか、俺も見てみたいな」

「やっぱりまじめに眺めているわ」

「今度、一緒に雷見物としゃれこむか」

「おとっつぁん、喜ぶと思うわ」

文之介は顎をなでた。ひげの剃《そ》り残しはどこにもない。

「義父上は、だいぶ元気を取り戻したようだな」

お春が首を伸ばし、文之介をのぞきこんでくる。瞳には、感謝の気持ちがくっきりとあらわれていた。

「あなたやお義父さまのおかげよ。立ち直れないくらい落ちこんでいて、目を離すのが怖いほどだったけれど、今はもう昔のおとっつぁんに戻りつつあるわ。明るい笑顔を見られて、私は心からほっとしているの」

「俺もうれしいよ。お春が喜んでくれるのもうれしい」

お春の父の藤蔵は三増屋《みますや》という味噌《みそ》醬油《しょうゆ》問屋のあるじだが、嘉三郎《かさぶろう》という悪者にだまされ、毒入りの味噌を売ってしまった。

その味噌を食べた客のうち、十人が死に、五十人以上の者が床に臥《ふ》せるという大惨事になった。

責任を感じた藤蔵は店をたたみ、死のうとしたが、それを救ったのが文之介や丈右衛門だった。嘉三郎をとらえ、藤蔵の無実を晴らしたのである。

嘉三郎を獄門《ごくもん》に追いこんだからといって、死んだ者は帰ってこない。藤蔵はそのことを気に病み、長いあいだ元気がなかった。笑顔を見せることもなかった。

それがようやく最近になって、ふつうに笑えるようになってきた。丈右衛門が箱根《はこね》へ湯治に連れていったりしたことが、功を奏したのだ。

お春が案じ顔になる。

「あなた、あまりのんびりしていると、遅刻するわよ」

毎朝のことだが、文之介はお春のそばを離れがたい。

「少し小降りになったようよ」

そのようだ、と答えて文之介はお春を見つめた。昨夜のことが思いだされ、また抱き締めたくなってしまった。

「なにを考えているの」

お春が顔を赤らめてきく。

「お春と同じことさ」

文之介は、やわらかな頰を人さし指でつついた。

「じゃあ、行ってくるよ」

気をつけてね、という声に送られて、玄関を飛び出る。

せっかく着こんだ蓑だったが、町奉行所に着く頃には、雨は小やみになり、やがてあがった。厚い帯を幾重にも積み重ねたようなどす黒い雲で、当分は江戸の空を去りそうになかったが、しっぽを巻いた犬のようにあっという間に姿を消した。

青い空から陽射しがたっぷりと注ぎこまれ、町は天の雨戸が一気に取り払われたような明るさに包まれた。

傘《かさ》を持たない江戸の町人たちは、雨になると、降りこめられて滅多に外に出ない。ここまで来るのにほとんど人けはなかったが、これだけ天候が回復すれば、人出も多くなるにちがいなかった。

町奉行所の大門の下に入りこむ。蓑を脱いで、しっかりと水気を払ってから、詰所の入口脇《わき》に置く。こうしておけば、あとで奉行所の小者《こもの》が乾かしておいてくれる。

長屋門のなかに同心詰所《つめしょ》はある。どうして奉行所内のもっと大きな建物のなかにないのか、見習の頃、不思議に思ったこともあったが、これはなにかことが起きたら即座に駆けだせるようにしてあるからだろう。事件があったことを届け出る者とも、いちはやく話すことができる。

文之介が入口に体を入れようとしたとき、門に駆けこんできた者があった。はねが着物と顔一杯についている。

「お役人」

文之介の黒羽織を見て、声をかけてくる。

「どうした」

大きく息をつき、ほっとしたように寄ってきたのは、やせているが、竹のように背の高い若い男だった。泥で真っ黒な顔の血相が変わっている。

若者の先導で、文之介と勇七は駆けに駆けた。

水たまりがいたるところにあり、道はぬかるんで走るのには難儀だった。だが、文句を垂れてはいられない。

雨が降ればどろどろになり、日照りが続けば砂塵《さじん》や土埃《つちぼこり》が舞う。

これが江戸の町というものだ。幕府がひらかれて以降、飽かずに繰り返されてきた光景にすぎない。

ただ、着物がひどく汚れたのにはさすがにまいった。はねでぐしょぐしょになり、足にまとわりついて、気持ち悪い。勇七の顔は墨をなすりつけたようになっている。自分も似たようなものだろう。

文之介たちがやってきたのは、深川北森下町《きたもりしたちょう》だ。五間堀《ごけんぼり》が近くを流れている。といっても、ほとんどよどんでいる。

朝方の激しかった雨のせいで、少し濁っているようだ。石垣の上に座りこみ、糸を垂れた釣り人の姿が、半町ばかり離れたところに三人ばかりいる。ちょうど一人の男がかなりの大物を釣りあげた。魚体が日の光を弾いて、きらきらする。

小さな橋がすぐそばに架かっている。五間堀の向かい側にある弥勒寺《みろくじ》の名を取った、弥勒橋である。

「こちらでございます」

若い男が路地を入ってゆく。陽が東側に立つ長慶寺《ちょうけいじ》の樹間を縫うように入りこみ、路地からは幾筋もの湯気があがって、湿気がひどかった。地面には、おびただしい足跡がついていた。

「こちらでございます」

先ほどと同じ言葉を繰り返して、若い男が一軒の家を手で示す。

格子戸《こうしど》が設けられている、なかなか立派な家だ。平屋《ひらや》だが、優に五つか六つは部屋があるのではないか。それにまだ木の香りがしそうなほど新しかった。

まわりは忍び返しがなされた高い塀がめぐっている。高さは優に一丈《じょう》はある。忍びこむのには梯子《はしご》でも用意しなければ駄目だろう。

格子戸の先には敷石がつけられ、その先では数人の男たちがうろうろしていた。

格子戸をくぐり、文之介は敷石を踏んで進んでいった。

「これは、御牧の旦那《だんな》、ご足労、ありがとう存じます」

顔見知りの男がすばやく寄ってきて、頭を下げた。町役人の一人で、津右衛門《つえもん》という。

「俺だってわかるか」

文之介は自分の顔を指さしていった。

「ええ、それはもう。泥だらけと申しても御牧の旦那のお顔を、見まちがえるはずがございません」

「そりゃうれしい言葉だな。死骸《しがい》が出たときいたが、仏はどこだい」

「その前に、これでお顔をおふきになってください」

きれいな手ぬぐいを手渡してきた。文之介たちのためにあらかじめ用意してあったものらしい。

津右衛門は昔からこういう心配りができる男だ。町の者にも慕われている。

「ありがてえ」

文之介はごしごしやった。生き返った気分になった。

「勇七も遠慮なくつかわしてもらいな」

へい、といって勇七がほっとした顔で、泥をぬぐう。

「それは手前にお戻しください」

すまねえな、と文之介は勇七の分ともども手ぬぐいを津右衛門に返した。

「こちらにございます」

津右衛門がさっそく文之介たちを案内する。足をとめたのは、家の入口の脇に立つ松の大木の陰だった。

文之介は顔をしかめた。勇七もじっと見ている。

恰幅《かっぷく》のよい男が地面にうつぶせていた。顔は水たまりに入りこんでいる。どす黒い横顔を半分、見せていた。両腕は、なにかを抱き締めるように胸のところでたたまれている。そばに提灯《ちょうちん》が落ちていた。

ろうそくは半分以上を残して消えており、この仏が吹き消した次の瞬間、取り落としたのではないか、と思えた。

文之介はそっとしゃがみこんだ。死骸に厳しい目をぶつける。

「死因はなんですかい」

勇七が背後からきいてくる。

「まだわからねえ。まだ五十には間があるようだが、このくらいの歳なら、卒中《そっちゅう》というのも考えられる。でも、胸を刃物で刺されたのかもしれねえな」

「ああ、だから胸のところに腕がしまいこまれているんですね」

「うん。傷に手を当てたまま、倒れこんだんだろう」

「水たまりに顔を突っこんでいますけど、この水たまりは殺されたあとにできたんですかね」

「そうだろうな。今朝、殺されたようには見えねえ」

死骸はだいぶかたくなっている様子だ。触れることができれば、はっきりわかるだろうが、殺されてから五刻《ごこく》はたっているように思える。

死骸に触れることはできない。検死医師が来るまで、むくろをそのままにしておくことがなにより肝要なのだ。

「仏は何者だい」

文之介は立ちあがり、そばに控える津右衛門にきいた。

「宮助《みやすけ》さんと申します」

四十四歳。長屋の家持ちだという。それも三つも長屋を持っているのだそうだ。

「となると、金持ちか」

文之介は、見事な細工が施されている切妻《きりづま》屋根を見あげた。

「ええ、それはもう。宮助さんは、なかなかの威勢でございましたよ」

津右衛門が答えたとき、文之介は格子戸のほうに人の気配を感じた。見ると、検死医師の紹徳《しょうとく》が入ってきたところだった。いつものように小者を連れている。

「遅れて申しわけない」

行儀よく小腰をかがめる。

「とんでもない。我らも、いま来たばかりです」

さようでしたか、と安堵《あんど》の思いをにじませて紹徳が宮助の死骸の前にかがみこんだ。小者に手伝わせて、死骸をていねいに仰向けにする。死骸の下の土は、血以外ではまったく濡れていなかった。

紹徳が宮助の両腕を胸からどかした。

文之介からも、着物を押しひらくようにしている傷が見えた。

「匕首《あいくち》のようなもので刺されたようですね」

紹徳が文之介を振り仰いでいった。

文之介は注意深くあたりを眺めた。匕首らしいものは視野に入ってこない。

「殺されたのはいつ頃でしょう」

「昨夜の四つから八つくらいのあいだではないでしょうか」

これは文之介が予期した通りの答えだ。

「血はどうやら雨で流れきってしまったようですね」

紹徳が地面に目を落としていう。

「刃物は正確に心の臓を貫いていますな。殺しに慣れた者の仕業に感じますね」

殺しに慣れた者。殺し屋だろうか。

この世には、殺しを生業《なりわい》としている者が確かにいる。

文之介には、人の命を絶った金で暮らしても、気持ちが休まることなど決してないと思うのだが、やはりそういう者は心のでき方、持ち方がふつうではないのだろう。

「それから、少し酒が香りますね。昨夜、飲んでいたのかもしれません」

出かけていたのは、飲みに出ていたからか。

ほかになにかききたいことがありますか、と紹徳がきくので、今のところはけっこうです、と文之介は告げた。

「では、手前はこれにて」

辞儀した紹徳が、小者をうながして格子戸を出てゆく。

格子戸で見送った文之介は紹徳たちの姿が見えなくなるまでそこにいてから、宮助の死骸のところに戻った。津右衛門、と声をかけた。

「誰がここに死骸があることを、知らせてきた」

「あの男にございます」

津右衛門が手招いたのは、腰の曲がった小さな男だった。文之介を前にして頭の鉢巻を取ったが、白髪だらけだった。

「おまえさんは」

「啓左衛門《けいざえもん》と申します」

植木屋だという。

「今朝、庭木の手入れを頼まれていまして、訪いを入れたのですが、返事がなく、出かけているのかなと思いながらも、ときおりこういうことはありますものですから、格子戸をあけてなかに入ってみましたら、宮助さんが倒れていました」

文之介は津右衛門に顔を向けた。

「宮助は一人住まいか」

「はい、さようにございます。女房はいません」

「妾《めかけ》もか」

「ええ、きいたことはございません」

そうか、といって文之介は植木屋の啓左衛門をじっと見た。

「ときおりこういうことがあるといったが、庭木の手入れの際、勝手に仕事をはじめることがあるのか」

「はい。不在なら、そうしてくれてかまわないといわれておりましたものですから」

「そういうとき、いつも格子戸はあいていたのだな」

「はい」

「ふだんは錠がおりていたのかな」

「さあ、そこまでは存じません」

文之介は家のまわりを囲む塀に目をぶつけた。

あれを乗り越えるのはできないことではないにしても、骨は骨だろう。

昨日の夜、飲みに出かけていた宮助は家に帰ってきた。その際、明日は植木屋が来ることを思いだし、格子戸の錠をおろさなかった。宮助は敷石を踏んで家の入口の前に立ち、提灯を吹き消した。宮助のあとをつけてきた何者かは、その瞬間を狙《ねら》って格子戸をあけ、なかに入った。その音に気づいて、宮助は振り返り、誰何《すいか》した。闇のなか、一気に距離を詰めた賊は躍りかかるように近づき、匕首で宮助の胸を刺した。

「やはり下手人は殺し屋かな」

文之介は勇七にささやくようにいった。

「どうしてですかい。心の臓をあやまたず一突きにしたからですかい」

勇七も押し殺した声で返す。

「それもあるんだが、単純なわけさ。夜目が利《き》く」

文之介はどういう状況だったのか、勇七に語ってきかせた。

「なるほど、暗闇のなか、刃物で心の臓を一突きにできたのは、そういうことですかい」

「そうだと思う。殺しなんてものは、光が届くような明るいところでやりはしねえだろうからな」

勇七が尊敬の目で見る。

「さすが旦那ですねえ。江戸一の知恵者じゃねえんですかね」

「なに」

文之介は勇七に顔を近づけた。

「勇七、今なんていったんだ。よくきこえなかったぞ」

勇七が同じ言葉を繰り返す。

「そうか、勇七は俺のことをそんなふうに思っていやがったのか。馬鹿だなあ、照れるじゃねえか」

「けっこう成長したと思ったんだけど、こういうところは以前とまったく変わらないんだな」

勇七がつぶやく。

「勇七、なんだ、なにをぶつぶついってやがんだ」

「いえ、なんでもありませんよ」

「そうか。でも勇七、ぶつぶつと独り言をいうようになったら、人というのはおしまい

「はい、気をつけるようにしますよ」

文之介は啓左衛門に向き直った。

「格子戸の錠の件を誰かに話したことがあるか」

「いえ、ございません。あっしは口がかたいものですから」

そうか、と文之介はいった。

「津右衛門、宮助という男は用心深い性格だったのか」

「いえ、さほどのことはなかったように思います」

「おまえさんは、格子戸の錠のことは知っていたか」

「いえ、滅相《めっそう》もない」

津右衛門があわてたように手を振る。

となると、宮助がじかに誰かに話したことになるか。そんなことを話すのは、親しい者に限られるだろうな。

文之介は津右衛門に、宮助の友垣を知っているか、問うた。

「温厚な人でしたから、なにしろたくさんいましたよ」

そのなかでも最も宮助と親しい男の名が、三つあがった。

勇七が帳面に書きつけている。

それを横目に入れて、文之介は、宮助の死骸に膝《ひざ》をくっつけるようにしてしゃがみこんだ。

「失礼するよ」

無念そうに目をあいている宮助に話しかけてから、血で濡れている着物を押し広げ、懐に手を入れた。

「財布の類《たぐい》はないな」

文之介は立ちあがった。また津右衛門が手ぬぐいを差しだしてきた。すまねえ、といって血のついた手をふいた。

「物盗《ものと》りということも考えられるが」

文之介はいったん言葉をとめた。

「これは見せかけだろうな」

「では、宮助さんを殺した者は、うらみかなにかですかい」

「先入主は禁物だが、金目当てではないと考えたほうがよさそうだ」

文之介は津右衛門に顔を向けた。

「宮助には、なじみの飲み屋か料理屋があったたか」

「ええ、この近くの青川《あおかわ》という料亭によく足を運んでいました」

それをきいた文之介は勇七を連れて、まず青川に赴くことにした。

「宮助に家族はいねえのか」

その前に津右衛門にたずねた。

「はい、以前、天涯孤独の身であることを申していました」

「葬儀は、津右衛門、おまえさんが行うことになるのか」

「はい、多分、そうなるものと」

「たいへんだな」

「いえ、これも町役人のつとめにございますから」

あとの始末を津右衛門によくよく頼んでから、文之介は勇七とともに宮助の家をあとにした。

四

猫の習い性というのはどういうものか。

丈右衛門は徹底して調べた。

これを知らずして猫探しに挑むのは、丸腰で戦《いくさ》に臨むようなものであることにようやく気づいた。猫についてなにも知らないで、湯之吉が見つかるわけがないのだ。

隣家のばあさんがちょうど年老いた猫を飼っていたので、まずきいてみることからはじめた。ほかにも何人かの猫好きの話にも、耳を傾けた。

それでわかったのは次の通りだった。

狭いところを好むこと。文机《ふづくえ》の下、長火鉢《ながひばち》と壁のあいだ、押し入れのなかなどでよく丸まっているという。

しきりに毛繕《けづくろ》いをすること。これは顔を洗うともいうそうだ。そうはいっても、実際には、顔の汚れを前足で取っているのが洗っているように見えるにすぎない。猫が顔を洗うと雨になる、といういわれもあるのだそうだ。これはどうしてなのか、猫好きたちにもわかる者はいなかった。

せっせと鳥や鼠《ねずみ》をつかまえてくること。これは、獲物を自慢げに飼い主の前に置くことがあるようだ。ほめてもらいたくて、そうするのではないか、と飼い主たちは口をそろえた。

爪《つめ》を研ぐこと。これは獲物をとるために、常に爪をとがらせておく必要があるようだ。

土をかけて小便や大便を埋めること。これは自分のにおいを消しているのだ、と年寄りの飼い主がいっていた。自分がそこにいたという痕跡《こんせき》を他の猫に知られたくないからだろうとのことだ。縄張が関係しているのではないか、とその年寄りは付け加えた。

よく寝ること。猫はとにかく眠るのだそうだ。一日の半分以上は優に眠っているのではないか、とのことだ。子猫は、起きているのはほんの二刻《ふたとき》くらいなのだそうだ。猫という言葉も『寝子』からきたのではないか、といわれているらしい。

一匹でいることが多く、群れることがないこと。ときおり空き地に集まっていることがあるらしいが、せいぜいその程度だそうだ。夜になると、猫が集まって踊りをするという話を耳にしたこともあるが、やはりそれは物語にすぎないのだろう。

さて、これらをどう料《はか》るか。

丈右衛門は書きだした文面をじっと見て、なにか見えてこないか、と頭をめぐらせた。

空き地近くの狭いところにひそんで眠っているのではないか。

こんなことくらいしか、思い浮かばなかった。

わしの脳味噌も、歳とともに衰えてきたようだな。

だが、これは仕方のないことだ。これまでこの世を生きてきたどんな偉人も、避けて通れなかったものだろう。

それに、と丈右衛門は前向きに思った。たいした収穫はなかったといっても、なにも知らず闇雲《やみくも》に湯之吉を探すより、少しは的がしぼれるはずだ。

お知佳たちの見送りを受けて、丈右衛門は深川富久町の家を出た。

きっと見つかる。やれる。

自らにいいきかせる。

丈右衛門は、元吉の笑顔を脳裏に映しだした。よりはっきりと細かく元吉のうれしそうな表情を思い浮かべる。湯之吉が見つかった瞬間の自身の喜びも、できるだけしっかりと感じ取った。

これは、町奉行所の定町廻り同心として働いているとき、よく行った。こうすることで、よりよい結果が生まれることを期待してのことだったが、実際にうまくいくことが多かったように思う。

いま丈右衛門は、元吉が飛びはねるように破顔した様子をくっきりと思い描くことができた。

よし、大丈夫だ。やれる。

丈右衛門は確信を抱いた。

朝日を浴びて、湯之吉の姿を追い求めて深川界隈《かいわい》を歩きまわった。

これまでより、ずっと狭いところに目が行くようになった。なんとなく目を向けているに過ぎなかった天水桶《てんすいおけ》の陰、商家の庇の上、商家の柱の陰、長屋の厠《かわや》のうしろ、稲《い》荷《な》《り》の鳥居の陰、稲荷の小さな社《やしろ》の背後、長屋の井戸のまわり、商家の前に積まれている荷物の陰などもしっかりと見るようになった。

それにしても、江戸には猫が多い。こんなにいるとは正直、思わなかった。

定町廻り同心として江戸の町を歩いているときも目に入っていたはずだが、ぼんやりと眺めていたにすぎなかったことを思い知らされた。

これだけの猫がいるのは、餌《えさ》に恵まれている証《あかし》といってよい。

すべての猫が鳥や鼠を捕って暮らしているとは思えない。なにしろ肥えている猫が目につくのだ。どう考えても、自分よりすばしこい獲物を捕獲するのは無理だろう。

丸々としている猫のほとんどは飼い猫で、飼い主からたっぷりと餌を恵まれているにちがいない。

江戸の町はそれだけ食べ物が豊かということだ。在所が大飢饉《だいききん》になっても、江戸で餓死する者が出ることは滅多にない。

丈右衛門が知っている限りでは、一人もいない。食べ物も商品の一つで、飢饉といっても金のあるところにどうしても流れこんでくるからだ。飢饉となると、江戸の食べ物の値はべらぼうにあがる。それを商機ととらえる者も数多くいるのだ。

人の命より金のほうを大事にする風潮はどうかと思うが、江戸という町にいては飢饉の実感がわくことはない。

おびただしい人の死を目の当たりにすればちがうのだろうが、飢饉というものが別の世の出来事くらいにしか思い描けないのも、また事実だ。

このところ天候が不順だ。あるいは、飢饉の噂《うわさ》や風聞が江戸にも届くかもしれない。食べ物の値があがったら、江戸の猫たちも少しはやせるのだろうか。やせざるを得まい。なにしろ、飼い主のほうが切羽詰まるのはまちがいない。捨てられる猫も数多く出てくるだろう。自力で鼠などを捕るためには、体の重みを取るしか道はない。

わしも猫のことはいえんが。

丈右衛門は腹の肉をつまんだ。定町廻り同心として現役の頃はこんなことはなかった。腹は引っこみ、割れていた。

いつからこんなになったのか。やはり歩かなくなったのがよくないのだ。自分では歩きまわるように心がけているつもりだったが、やはり仕事として毎日、江戸の町を駆けずりまわっていたというのは、大きかったのである。

その意味でも、新たに商売をはじめたというのはいい。こうして一日中、体を動かすことができる。

お知佳やお勢の顔を見られないのは残念だが、一日べったりとそばにいられても、お知佳だって迷惑だろう。

それよりも、湯之吉だ。湯之吉を探しだすことに、神経を集中しなければならない。

丈右衛門はせまい路地に身を入れては、目を光らせた。猫の声がすれば、そちらにすぐさま向かった。

猫の姿はいくらでも視野に入ってくるが、額に黒い点が三つある白い猫というのには、なかなかぶつからなかった。

疲れを覚えてきたが、へこたれてはいられない。

湯之吉の好物は海苔《のり》だというので、丈右衛門は大量に懐に入れている。着物のなかから海苔の香りがぷんぷんしていた。

一枚を手にしている。それをひらひらさせながら歩いているが、湯之吉らしい猫がとびついてきはしなかった。

最初はこの姿も気恥ずかしかったが、元吉のためとなれば、なんということもなくなった。

一度ならず、なにをしているのですか、と町の者にきかれた。

たずねてきた者はいずれも、丈右衛門を見る目に軽い恐怖があった。つまり怖さより、好奇の気持ちのほうがまさったということだろう。

丈右衛門がわけを話すと、ほっとしたように納得してくれたものだ。湯之吉を見つけたら知らせますよと誰もがいうので、丈右衛門はそのたびに住まいの場所を教えた。

手にしている一枚の香りが薄くなったような気がしたので、それを丈右衛門はかじりはじめた。

ちょっと湿気《しけ》ており、あまりうまくなかった。もともと海苔は醤油をつけて飯で食べるのが最高だ。

腹の虫が鳴いた。しかし、腹を満たす気はない。見つけるまで夕餉《ゆうげ》はとらないと決めている。

新たに一枚を懐から取りだし、またひらひらと振りながら歩を進めはじめた。再び町の者に奇異の目で見られだした。

そろそろ、夕暮れの気配が漂いはじめている。ただ、目にする猫の数はだいぶ減りつつあった。焦りの汗が、じっとりとにじみ出てくる。

夜の気配が濃くなりはじめると同時に、潮の香りも強くなりだした。潮には、なんとなく体の血をわかせるものがある。

海そのものといっていいにおいを嗅《か》いで、丈右衛門は元気が出てきた。

元気になったのは丈右衛門だけでなく、猫もだった。一町ほど進むと、盛りのついた雌猫《めすねこ》の甘い声が耳につきだしたのだ。

どこだ。

丈右衛門は首をめぐらせた。

あっちだな。

丈右衛門は小田原《おだわら》提灯を灯《とも》した。右手は相変わらず海苔をひらひらさせている。

湯之吉は雌に誘われてどこかへ行ったのかもしれんな。

迂闊《うかつ》なことに、今まで考えたことはなかった。だが、湯之吉も立派な雄猫《おす》だろう。恋をしたって不思議はない。大好きな雌猫を慕って、遠くまで出かけるのは、むしろ自然なことではないか。

狭い路地に足を踏み入れる。これまでに、いったいどれだけの路地をのぞいたことか。

これが最後になってくれることを、丈右衛門は強く祈った。

右側の塀の上に雌猫がいた。茶色の濃い三毛猫だ。丈右衛門を見ても逃げず、身をよじって鳴いている。

おらぬか。

あたりを見まわした丈右衛門は、湯之吉らしい猫がいないのを見て取った。

今日も空振りか。今朝のきっと見つかるという確信はいったいなんだったのか。あれも、衰えの一つなのか。

丈右衛門はうつむいた。

視野の左に、動くものが目に入った。にゃあ、と一声鳴いた。丈右衛門を見て、あっちへ行け、といっているようだ。

あっ。

口から声が漏れ出た。距離は三間《けん》ばかりあるが、提灯の淡い光に照らされて、額の三つの黒い点が目に映ったからだ。

体全体は白い。

「湯之吉」

丈右衛門はその場にしゃがみこんで、呼びかけた。追いかけたところで、猫のほうがずっとすばしこい。驚かせて逃げられるような愚は犯すまい、と見つける前から自分にいいきかせていた。

猫の飼い主から、猫を呼ぶときには向こうがその気になるまで気長に待つこと、と諭《さと》されていたこともある。

丈右衛門は、にゃあ、といってみた。にゃあ、と湯之吉らしい猫が答えた。これはいい兆しだろう。

おいで、と手招いてみた。しかし近寄ってこない。湯之吉は、雌猫が気になっているようだ。雌猫は盛んに声をあげて、湯之吉を誘っている。

ここまで来て、焦ることはない。

丈右衛門は腹を決めた。湯之吉から目をはずして、かすかな風に吹かれている手近の草をなんとなくつまんだ。

それに気が引かれたのか、湯之吉がにゃあにゃあと鳴きながら近づいてきた。

「これか」

丈右衛門は草を手のひらに置いた。湯之吉が草をくんくんする。

「だっこするぞ」

湯之吉に断っておいてから、小さな体を包みこんだ。柔らかな毛をしている。それに、あたたかだ。

やった。

丈右衛門は喜びに打ち震えた。一つのことをやり遂げたという思いで全身がわなないている。

こんな感動はいつ以来か。昔、苦労に苦労を重ねて凶悪な男を捕まえたときか。

いや、それよりもずっとうれしい。今朝、思い描いた喜びとは、くらべものにならない。

五

「晴れ晴れとしたお顔をしていらっしゃいます」

お勢をおんぶしているお知佳にいわれた。お勢はいつものように眠っている。

「そうか」

丈右衛門は顔をなでさすっていった。ひげがだいぶ伸びてきていた。

「喜んでもらえたんですね」

「うん。満面の笑みというのは、ああいうのをいうのだろう」

「私も見たかった」

「ああ、一緒に行けばよかったな」

丈右衛門は少し後悔した。

「いえ、いいんですよ。私がなにかしたというわけではありませんし」

「そんなことはない」

丈右衛門は少し強い口調でいった。

「お知佳の励ましがなかったら、わしはくじけていたかもしれぬ」

「そんなことはありません」

今度はお知佳がきっぱりと否定した。

「あなたさまは一つのことは必ずやり遂げる強い心の持ち主でいらっしゃいますから、途中で投げだすようなことは、決してなさいません」

そうかもしれぬ、と丈右衛門は思った。

「だが、お知佳の言葉がどれだけ心に響いたか。お知佳の励ましがあったからこそ、がんばれたのは確かだぞ」

「そういっていただけると、まことにうれしゅうございます」

丈右衛門は杯を傾けた。お知佳がぬる燗《かん》にしてくれた酒だ。

「しみ渡るな」

「おいしゅうございましょう」

「お知佳も飲め」

「はい、ではありがたく」

お知佳に杯を渡し、丈右衛門は徳利の酒を注いだ。

お知佳が杯に口を近づける。白い喉《のど》が上下に動く。

「ああ、おいしい」

「そうであろう」

夫婦二人で飲む酒は格別だった。うまさが二倍にも三倍にもなる。

「それにしても、市井で金を稼ぐのはたいへんだ」

丈右衛門は実感をもって口にした。

「残りの七文は、いかがされたのでございますか」

「ありがたく頂戴《ちょうだい》した。元吉は払いたがっていた。それを断るのも、かわいそうな気がしたゆえ」

「わかります」

酔いがまわってきていた。お知佳も、そんなに酒が強いほうではない。すでに赤い顔をしていた。

「そろそろ寝るか」

「はい、そういたしましょう」

隣の間に床はのべてある。丈右衛門はごろごろと転がって布団におさまった。

「まあ、あなたさま」

お知佳が目をみはる。

「こういうことができるのも、水入らずで暮らしはじめたからだ。文之介たちがいたら、こんなことはなかなかできぬ。どこに目があるかわからぬゆえな」

丈右衛門は目を閉じた。次の瞬間にも眠りの船に乗りこむのがわかった。お知佳を抱き寄せたかったが、今は体が休むことを欲しているようだ。


目が自然にあいた。

たっぷりと眠った。

丈右衛門は上体を起こした。右手から陽の波が流れこんできている。

何刻《なんどき》だろう。もう五つをすぎているかもしれない。

こんなに寝ていたのは、いつ以来か。若いとき以来ではないだろうか。

味噌汁のだしのにおいが漂ってきている。丈右衛門は存分に吸いこんだ。新居で嗅ぐにおいというのは、とりわけすばらしい。腹の虫が盛大に鳴った。

「待っておれ。いま食べさせてやるゆえ」

廊下を渡る足音がした。丈右衛門は立ちあがった。

「あなたさま」

腰高障子《こしだかしょうじ》越しにお知佳が声をかけてきた。

「朝餉ができたか」

腰高障子が横に滑る。

「はい、できました。でもその前に、お客さまでございます」

「客。どなたかな」

「館ノ助《たちのすけ》さんとおっしゃいました」

館ノ助。名に覚えはなかった。

「どんな用件かな」

「お仕事を頼みにいらしたようでございます」

「さようか」

また腹が鳴ったが、それを抑えこんで丈右衛門は庭に面した座敷に向かった。

濡縁に腰かけている男がいた。横に茶托《ちゃたく》に置かれた湯飲みがあった。手をつけてはいないようだ。

「すまぬ、そんなところで。遠慮せずあがってくれぬか」

「いえ、ご新造にも申しましたが、あっしはここで」

気のよい顔をしていた。無理強いする必要はなさそうだ。

ただ、相当、疲れている様子だ。顔色が悪く、目の下にくまができている。まだ老けこむほどの歳でもないのに、背筋が曲がりかけている。

相当の悩み事があるにちがいない。

丈右衛門はそう踏んだ。

名乗りつつ、濡縁そばの畳に正座した。館ノ助があらためて名乗り返す。

「手前は、この近所で豆腐屋をしている者にございます」

「豆腐屋か」

そういえば、昨日の豆腐の味噌汁は美味だった。どこで買ったとお知佳にきいたら、半田屋《はんだや》という近所の豆腐屋さんだといっていた。

「半田屋さんか」

「はい、よくご存じで」

「ことのほかうまい豆腐をつくってくれているゆえ、名はすぐに覚える」

「はい、ありがとう存じます」

館ノ助は笑んだが、しわが深まり、疲れを余計に色濃く見せただけだ。

「それで、どんな用件かな。仕事だときいたが」

「はい。そちらにかけてある、お悩み事、お困り事、お片づけ申し候、という看板に引かれて足を運ばせていただきました」

うむ、と丈右衛門はうなずいた。

「手前どもは、ほとほと弱っているのでございます」

「わしがきっと解決してみせよう」

丈右衛門は大見得《おおみえ》を切った。

「では、引き受けていただけるのでございますか」

「むろん」

「助かります」

館ノ助が、濡縁に額をこすりつけるようにする。

「実は連れてきているんです」

「連れてきているというと」

「おい」

館ノ助が生垣の向こうに呼びかけた。はい、と応《いら》えがあり、館ノ助の女房らしい女が枝折戸のところに姿を見せた。こちらも疲れ切った顔をしている。

女房に支えられるようにして、一人の老婆が地面に足を踏ん張るようにして立っていた。胸を張り、口をぎゅっと引き結んで、きかん気そうな顔つきをしている。

館ノ助たちの用件というのは、と丈右衛門は覚《さと》った。

あのばあさんか。


ばあさんは、おきちといった。近所をうろつきまわる癖があり、その面倒を見きれず、館ノ助たちはおきちばあさんのお守りを丈右衛門に依頼してきたのだ。

これも悩み事、困り事にはちがいなかった。事件の探索とはちがうが、断るわけにはいかなかった。これも、近所の者たちに信用を得るための大きな手立てだ。仕事を選んでなどいられない。

それにしても、どうやら近所の者には、なんでも引き受けるよろず屋と思われているようだ。

考えてみれば、このあたりにはあまり知り合いがいない。定町廻り時代の丈右衛門を知っている者は少ないようだ。今の文之介と同じく、深川、本所《ほんじょ》を縄張にしていたが、富久町にはあまり足を運ぶ機会がなかったように思う。とにかく深川は広いのだ。

「昼間のあいだ、おきちさんにはこちらにいらしてもらうんですか」

お知佳にきかれた。

「館ノ助どのたちは商売柄、朝がとんでもなく早い。昼間、寝ておかぬと体がもたぬ。

そのあいだだけだ」

「さようにございますか」

「できるだけお知佳には迷惑をかけぬようにする」

「そんなことはおっしゃらず。私はあなたさまに迷惑をかけてほしい、と思っています」

丈右衛門はほほえんだ。

「ならば、できるだけ甘えることにする。愚痴をいいたくなったら、お知佳にだけはいうことにしよう」

お知佳がにこりとする。

「うれしい」

「仲がいいねえ。うらやましいよ」

部屋の隅にぽつねんと座っていたおきちが不意に口をひらいた。

「あたしは、仲が悪くてねえ。互いに好きでもない夫婦だった。実家同士が決めたものだからね。死んでくれてほっとしたものだよ」

目をぎろりと動かし、丈右衛門たちを見つめてきた。

「あんたたちはそうでもないみたいね。好き合って一緒になったんだね。その子はあんたの子かい」

お勢のことを丈右衛門にきいてきた。

「わしの子だが、血はつながっておらぬ」

「じゃあ、ご新造の連れ子ということね」

うむ、と丈右衛門は顎を引いた。しかし、あたりをうろつきまわるとのことだが、おきちはふつうの女にしか見えない。ふだんはおとなしい者が酒を飲むと人変わりするように、なにかきっかけがあって、徘徊《はいかい》をはじめるのか。

おきちが、よっこらしょと立ちあがった。足腰は七十近いばあさんとは思えないほど、しっかりしている。

「どれ、顔を見せておくれ」

お知佳の背中で眠っているお勢をのぞきこむ。

「かわいい顔をしているねえ。頰なんて、絹のようにすべすべでやわらかそうで、つついてみたくなるねえ」

いうだけでなにもせず、お勢の寝顔をじっと見守っている。にこにこしているその様子は、どこにでもいそうな人のいいばあさんでしかない。

お勢が目をあいた。なんだろう、という顔でおきちを見つめる。

「かわいいねえ。あたしは、きち、というんだよ。よろしくね」

お勢が小さな歯を見せる。

「あっ、笑ってくれたよ」

おきちが丈右衛門とお知佳を交互に見る。

「見たかい。今、あたしを見て、この子は笑ったんだよ」

「気に入られたようだ」

「本当かい。うれしいねえ」

おきちが涙ぐんでいる。

お勢がまた眠りはじめた。

「あら、また寝ちゃったよ。よく寝るねえ、この子は。でも、こういう子は、手がかからなくていいわねえ。うちの館ノ助は手習所にあがるくらいまで寝小便が治らなくてねえ、あたしは往生したものだよ。豆腐づくりも筋が悪くて、なかなか一人前にならなかった」

そうだったのか、という顔をお知佳がしている。

「泣いたら、おなかが減ってきちゃったねえ。ちょっと蒲鉾《かまぼこ》を買ってこようかね」

おきちがいきなり部屋を出てゆこうとする。

「蒲鉾って、どこに買いに行くんだ」

丈右衛門はすばやくおきちの前に立った。

「決まっているよ。この前からずっと行こうとしているんだ。でも、店がなかなか見つからないんだよ」

蒲鉾が食べたくて、おきちは町をうろつきまわっていたのか。

「なんという店だ」

「それがわからないんだよ。思いだせないんだよ」

つまり、当てもなく町をうろつきまわっていたということか。

「そのことを館ノ助さんにいったのか」

「いったよ、何度も。でも、ちっとも取り合ってくれないんだ」

おきちが憤然とした表情を見せる。そのなかに悲しみの色が少しまじっているのを、丈右衛門は見逃さなかった。

「蒲鉾に限らず、食べたい物を食べないと、心が落ち着かないじゃないか。なにかずっと引っかかっているというか」

その気持ちは、食いしんぼの丈右衛門にはよくわかる。

「うまい店なら一つ心当たりがあるが、買ってこようか」

「ほんとかい。なんていう店だい」

「浦島屋《うらしまや》だ」

「浦島屋かい。そんなおとぎ話のような名だったかねえ」

おきちはしきりに首をひねっている。

「待っていてくれ。すぐに戻るゆえ」

丈右衛門はお知佳に目配《めくば》せして、決しておきちのそばを離れないように頼んだ。

深川佐賀町《さがちょう》に、評判の蒲鉾の店がある。一度、評判につられ、買ったことがある。これで評判になるのか、と不思議に思ったが、まずまずうまい蒲鉾だった。

富久町からだと、西へ四町ばかり行くだけだ。少し行列していたが、四半刻《しはんとき》もかからずに丈右衛門は家に戻った。

お知佳が蒲鉾を切り、どうぞ、お召しあがりください、と皿にのせてだした。醤油も添える。

わさびはいらないからね、蒲鉾の香りが消えちまうから、といってうれしそうにおきちが箸《はし》でつまむ。口に持ってゆく。途端に顔をしかめた。

「ちがうわ」

さすがに吐きだしはしなかった。まずそうに咀嚼《そしゃく》してのみこんだ。

「こんなのじゃないの」

「しかし店の名がわからぬのではなあ」

丈右衛門はまたお知佳におきちを頼んで、隣家に訪いを入れた。出てきたのは、猫の話をきいた、おさいばあさんだ。今もやさしそうに猫をなでている。猫は気持ちよさそうに目をつぶっている。

丈右衛門は、おさいさんのおかげで猫が見つかったと感謝の言葉を口にした。

「それはよかったねえ」

おさいが、いかにもうれしそうにいってくれた。

「それでもう一つききたいんだが」

丈右衛門はこのあたりにうまい蒲鉾屋がないか、たずねた。

「半田屋のおきちさんが、食べたがっているんだ」

「おきちさんが食べたいんなら、藤高屋《ふじたかや》さんじゃないかしら」

丈右衛門は場所をきいた。

「深川元町《もとまち》だな」

「ええ、新大橋《しんおおはし》の近くで、御籾蔵《おもみぐら》の真ん前だから」

いい場所にあるんだな、と丈右衛門は思った。それならまちがいようがない。

「でも御牧の旦那」

案じ顔で呼びかけてきた。

「なにかな」

「藤高屋さん、もうないんじゃないかしら」

「まことか」

「御牧の旦那も噂をきいたこと、あるんじゃないの」

おさいには、元八丁堀だったことは話していない。話したほうが安心するのだろうが、今のところはなんとなく照れくさい。

少し考えてみた。思い浮かぶものがなかった。

「とにかく行ってみることにしよう」

それで店がなかったら、おきちも納得してくれるだろう。

家に戻った丈右衛門は、おきちにまず、藤高屋という店か、たずねた。

「ええ、そうよ。そう」

喜色をあらわに答えた。

「では、行ってみるか」

「連れていってくれるの」

「むろん。しかしおきちさん、もうその店はないかもしれぬ」

「そんな馬鹿なことはないわ」

おきちは信じなかった。

「あんなにおいしい店が潰《つぶ》れるなんて、あり得ないもの」

張り切って家を出た。店の名がわかったら、道も頭に描けるようになったのか、丈右衛門に背を見せて、走るように進んでゆく。

裾《すそ》がまくれて、太ももまであらわになっているが、おきちはまったく気にしていない。

というより、そうなっていることに気づいていない。

大川の左岸に出て、それからひたすら川沿いを北上してゆく。

小名木川《おなぎがわ》に架かる万年橋《まんねんばし》を渡ったおきちは二町ほど道を大川沿いに走ったあと、道を右に折れた。

北側に、御籾蔵が巨大な姿を見せている。東西八十間、南北五十間といわれる広大な敷地には、十一もの蔵がある。

ここには、飢饉に備えた御救米《おすくいまい》が蓄えられている。ときにこの米は、大火事などの急場の際に、民衆に振る舞われる米に早変わりする。

「ここよ、ここ」

汗を振り乱して立ちどまったおきちが目の前を指さす。

紐《ひも》で結わえられた暖簾《のれん》が風をはらんで、ばたばた鳴っている。妙齢の女性が、ありがとうございました、との声に送られて暖簾を出てくる。

一瞬、藤高屋はまだあるではないか、との思いに丈右衛門は駆られた。

だが、屋根に掲げられた扁額《へんがく》には吉敷屋《よしきや》とあった。建物の横に目立つように張りだしている看板には、呉服、と大きく記されていた。

「ちがう。藤高屋さんじゃない」

おきちは呆然《ぼうぜん》として、それ以上、言葉が続かなかった。

# 六

軽快な足音が耳を打つ。

文之介は振り返った。

「勇七、おめえ、ずいぶんと機嫌よさそうじゃねえか。足の運びに出ているぜ」

「さすがに旦那ですね。わかりますかい」

「わかるとも。いったいいつからのつき合いだと思っているんだ」

「そうですねえ、もう長いですねえ」

「勇七、なにかいいことがあったのか」

「朝餉がとてもうまかったんですよ」

「ほう、そいつはよかったな。朝餉がうまいと、やる気が出てくるものな」

「さいですよね」

勇七が相づちを打つ。

「でも、弥生ちゃんのことだから、いつも朝餉はうまいだろう」

「上手ですね。でも、今朝《けさ》の味噌汁は最高だったんですよ。具はわかめと豆腐だったんですけどね」

「わかめと豆腐の組み合わせは、味噌汁のなかじゃあ、かなうものはねえな」

「ええ、まったくですね。今朝のは、だしの取り方、豆腐の甘み、新鮮なわかめ、と三拍子そろっているというのか、すばらしかったですよ。飯も甘みがあって、ひじょうにうまく炊けていましたし」

「へえ、そいつはいい」

文之介は唾《つば》がわいてきた。

「旦那はどうなんですかい。お春ちゃん、包丁はけっこう達者ですね」

「うまいもんさ。お春をもらって一番よかったと思うのは、飯のことだ。とにかくなにをつくってもうまいものなあ。父上と二人で暮らしていたとき、俺がつくっていたりしたんだぞ。俺じゃないときは、父上。どちらにしてもひでえもんさ」

「お春ちゃんをもらって一番よかったのは、飯じゃないでしょう」

文之介は勇七を見つめた。

「おめえ、いつからそんなにいやらしくなったんだ」

「ち、ちがいますって」

勇七があわてていう。

「一緒にいると、癒《いや》されることが多いでしょうって、いいたかったんですよ。なんでも二人でできるというのは、本当にいいですからね。疲れも取れますし」

「まあ、あれも二人でやるものだけどな。でも、確かに勇七のいう通りだな。お春と暮らしはじめてから、疲れも取れやすくなったなあ。お春なら遠慮なくなんでも話せるし、うちに溜《た》めこんじまうことがなくなったからかな」

へえ、と勇七が意外そうな顔をしている。

「旦那でも、溜めこむことがあったんですかい」

むかっとした。

「当たり前だ。俺は細い神経の持ち主なんだよ」

「へえ、そいつは知りませんでしたね。長いつき合いですけど、初耳ですよ」

「初耳じゃねえよ。きっと勇七は忘れちまったにちがいねえんだ」

「いいですよ、そういうことにしておきましょう」

「なんだ、ずいぶんと余裕をかますじゃねえか」

「そんなこともありませんけど、もうじきなんで」

「もうじきってなにが。――ああ、そうか」

文之介は勇七から目を引きはがし、前に顔を向けた。

一軒の長屋が見えている。裏店《うらだな》ではなく、日当たりのいい表長屋だ。二階屋で、上には欄干《らんかん》が設けられ、洗濯物が風にひるがえっている。

「なかなかいいところですね」

「うん、稼ぎのいい町人が住んでいるんだろうな」

大道に面して八つの店が並び、腰高障子には、それぞれの職業が墨書されていた。大工や錺《かざり》職人、傘貼《は》り職人がほとんどだ。

大工は出職《でしょく》だが、錺職人、傘貼り職人は居職《いじょく》だ。きっと話がきけるにちがいない。

勇七が、一番右側の腰高障子をほたほたと叩く。錺職人で、名は浩吉《こうきち》と記されていた。すぐさま応えがあった。

勇七が腰高障子越しに用向きを告げる。

「町方の旦那ですかい。あけてもらってけっこうですよ」

勇七が腰高障子を横に引くと、ひげ面の男が薄べり畳に座っていた。きれいにそろえられた道具の置かれた大きな机が、部屋のほとんどを占めている。もっとも、次の間もあるようだし、二階もある。ここは仕事部屋のようだ。

文之介は勇七に代わって前に出た。敷居を越えて、三和土《たたき》を踏む。

「浩吉さんかい。こちらの大家さんが殺されたことは知っているね」

「ええ、知っていますよ。夕方から通夜だってきいていますからね、出かけるつもりでいますよ」

ひげ面にふさわしいだみ声で答えた。

「宮助さんは家持ちで、大家も兼ねていたそうだね。どんな人だったんだい」

「やさしい人でしたよ。あっしたちが喧嘩《けんか》をしたり、飲みすぎたり、掃除を怠ったりしても声を荒《あら》らげることなど一度もなかったですからね。あっしが火の不始末をしそうになったときも、穏やかに叱《しか》っただけでしたから。みんな、仏さまのようだって慕っていましたね」

浩吉が肩を落とす。

「だからって、こんなに早く本物になることはなかったのに」

ぐすっと鼻を鳴らす。

「じゃあ、うらみを抱いていた者に心当たりはないかな」

文之介は穏やかにきいた。

「ええ、ありませんよ。あんないい人にうらみを持つなんか、考えられないですよ」

「どんな殺され方をしたか、知っているか」

浩吉がぶるると馬のように首を振る。

「存じませんよ」

文之介は伝えた。

浩吉がひっと喉を鳴らす。

「心の臓を一突き、ですかい」

「この殺し方だけ見ると、確かにうらみではないかもしれねえ。うらみなら、何度も何度も刺す者が多いから」

文之介はせまい式台に腰かけた。

「おまえさん、宮助さんが自分の家によく庭師を頼んでいたのを知っているかい」

「いえ、存じません」

嘘はいっていないようだ。

「そうかい。宮助さんの知り合いで、金に困っている者についてはどうだい」

「いえ、存じません」

同じ言葉を繰り返した。

「なんといっても、あっしはここに一日中籠《こ》もって仕事をしているもんですから、外のことにはどうしても疎《うと》くなっちまうんですよ」

そういうものかもしれねえな。

文之介が思ったとき、浩吉がちらりと仕事台にしている机に目を移した。

「こいつが最後だ。ここ最近、宮助さんにおかしな様子や、おびえている感じはなかったか」

「あっしは存じません。すみません」

「別に謝ることはねえよ。忙しいところ、ありがとな。これで終わりだ」

「すみません。なにか追いだすみたいで。いま急ぎの仕事を抱えているもんですから。

本当なら今から大家さんの家に行きたいんですけど、こいつをどうしても仕上げなきゃいけないんですよ」

「気にすることはねえ。がんばってくんな」

じゃあな、といって文之介は浩吉の店を出た。勇七が静かに腰高障子を閉める。

次は傘貼り職人だったが、浩吉と似たような話しかきけなかった。もっとも、浩吉との会話は筒抜けだったかもしれない。上等の長屋だといっても、やはり板壁は紙みたいなものにすぎない。

「ちょっとしくじりだったな」

文之介は鬢をかいた。

「はなからなにをきかれるか、わかっているのなら、答え方も決まっちまうな」

文之介は勇七をうながして、一番端の店に行った。

ここも傘貼り職人だった。傘貼りは手分けをして、いくつかの段階を経る作業を行うから、こうして同じ長屋に何人かが集まっているのは都合がいいのだろう。

だが、結局は殺された宮助は温厚そのもので、うらみを買うような人物ではない、ということがはっきりしただけだ。

うらみでないなら、やはり金目当てか。だが宮助を殺《や》ったのが、殺しに手慣れた者の仕業だとしたら、金目当てという理由はそぐわない。

宮助は三つの長屋を持っていた。文之介たちは、他の長屋にまわってみた。

いきなり次の長屋で手応えがあった。しかも、最初に話をきいた店の女房だった。こちらは裏店で、若い女房は袋貼りに精だしていた。

忙しいところすまねえな、と文之介がいったところ、ちょっと手を休めようとしていたんですよ、と気のよさそうな女房はいってくれた。

文之介が宮助が殺されたことに関してききたいというと、この女房も袋貼りが終わり次第、通夜に駆けつけるつもりでいることを告げた。

「あんなにやさしい人が殺されちまうだなんて、世も末ですよ。旦那、早く下手人をつかまえて獄門にしてくださいよ」

「ああ、まかしておけ」

そんなやりとりがあったのち、文之介が最後に、宮助に最近、おかしいところや妙なことがなかったか、きいたところ、女房が深く大きくうなずいた。

「そういえば、つきまとっていた男がいましたよ」

「それはいつのことだ」

「えーと、ほんの二日前でした」

買い物に出たとき、宮助にまとわりついている男を見たのだという。

「金がほしいって、その男は大家さんの腕を取っていってていましたよ。うるさいって、大家さんは振り払っていました。男を見るのは、それが二度目だったんです。最初は、四日前だったと思います」

金か。確かに胡散臭《うさんくさ》い。

「どんな男だ」

女房が思いだそうとして、口をぽかんとあけて天井を見あげる。

「名は知らないんです。小柄で、遊び人ふうの男ですよ。はっきりとはわからないんですけど、ここんところに小さな古傷があったような気がします」

女房はおとがいに指を置いている。

「あと、左手に晒《さら》しを巻いていましたね」

つまりは怪我《けが》をしていたということか。

「人相書《にんそうがき》をつくりたいんだが、できるか」

文之介はただした。女房が、ちらりと袋貼りの仕事台に目をやる。

「仕事をやりながらでいいんだ。力を貸してくれ」

「はい、わかりました」

女房は快諾《かいだく》してくれた。

文之介は勇七に、人相書の達者を呼びに町奉行所へ走ってもらった。そのあいだにほかの店を当たり、宮助のことをたずねまわった。

つきまとっていた男を見たというのは、最初の女房だけだった。ほかに、宮助殺しに関して文之介が手に入れられたことは一つもなかった。

長屋の木戸をいったん出た文之介は、きらきらと陽射しをはね返している運河沿いの道をとぼとぼと歩いた。定町廻り同心の性《さが》なのだろうが、死骸を目にし、人となりを耳にしたときから、宮助が三つの長屋を持てるほどの金がどこから出てきたのか、ということが気にかかっている。

そのことを長屋の者に欠かすことなくきいてまわったが、そのあたりの事情について知っている者は一人もいなかった。

女房の長屋に戻ってきたとき、ちょうど勇七が人相書の達者の同心を連れて木戸をくぐろうとしていた。二人とも息を切らし、汗びっしょりだった。文之介は長屋の者に水をもらい、二人に飲ませた。

人相書は、四半刻もかからずにできあがった。すらすらとよどみなく描いてゆく手際は、さすがとしかいいようがなかった。

描きだされたのは、小ずるい感じのする小男だ。下からすくうように見ている細い目が、絵を見つめているだけで、なんとなくいやな気分にさせるところがある。話していて、不快になる類の男にちがいない。

人相書の達者の同心にはもう一枚、同じ絵を描いてもらい、よくよく礼をいって、帰ってもらった。

「人相書が手に入ったから、この男を探そうとは思うんだが、その前に勇七、俺にはやりてえことがある」

勇七がにっとする。

「当ててみましょうか」

「なんだ、いやに自信たっぷりだな。いいよ、もし当てたら、明日の昼飯は鰻《うなぎ》を食わせてやろう」

「本当ですかい」

「ああ。番所まで一所懸命に走ってくれた礼もしたいし」

勇七が真剣な顔になる。

「宮助さんの前身を探ってみたい。ちがいますかい」

文之介はあっけに取られた。

「どうしてわかるんだ」

「そりゃわかりますよ。なにしろ長いつき合いですからね。旦那がどういうふうに思案をめぐらせるかなんて、あっしには手に取るようにわかります」

「とにかく明日の鰻を、勇七は手に入れたわけだ。正しくいえば、口に入れられることになったわけだ」

「うれしいですよ。御番所《ごばんしょ》に向かって走っている最中、あっしなりに考えたんですよ。次に旦那はなにをしようとするかって。人相書ができたにしても、天の邪鬼《あまじゃく》だからすぐに人相書の男を探さないんじゃないか、そうすると、なにをするかなあって」

「天の邪鬼で悪かったな」

勇七が破顔し、白い歯を見せる。

「あっしには、天の邪鬼でいてくれて、よかったですよ。なんにしろ、旦那の考えはわかりやすいですからね」

文之介はあさってのほうを向いた。

「相変わらず口の減らねえ男だ」

「さあ、旦那、行きますよ」

勇七がにここにこしてうながす。考えてみれば、鰻は勇七の大好物だ。こうして心から喜んでいるのは、文之介にとってもうれしいことだった。

すぐに、宮助の家に繁く出入りしていた年寄りがいたことが知れた。

そのことは、通夜の支度をしている深川北森下町の女房の言葉からわかった。碁敵《ごがたき》ではないかとのことだ。

文之介たちはさっそく向かった。年寄りは、宮助の家から、ほんの二町ほど南の深川元町の一軒家に住んでいた。名は伴之助《とものすけ》といった。

伴之助は在宅していた。一人、酒を酌《く》んでいた。どうやら宮助を失った悲しみを紛らわしているようだ。

「こんなときにすまねえが、宮助さんについて話をききてえんだ」

「下手人をとっつかまえるのに、あっしは力を惜しみませんよ」

ややろれつが怪しくなっていたが、まだしゃんとしていた。

「ありがとな」

文之介は、宮助の以前の職業や経歴を知りたいといった。

「ああ、それでしたら、碁を打っている最中にきいたことがありますよ。宮助さんも少し飲んで、口がやや軽くなったときでしたねえ」

「ということは、前身をきいたのは、そのときだけか」

「ええ。できるなら誰にも話さないでくれって頼まれましたよ」

文之介を穏やかな目で見やる。

「でも、今なら、宮助さんも文句はいわないでしょう。お役人はお若いが、素直そうで、探索の腕もよさそうだ。きっと宮助さんの仇《かたき》を討ってくれるにちがいありませんや」

宮助は、藤高屋という蒲鉾屋の仕入れを担当していたという。

「藤高屋か。きいたことがあるな」

文之介は勇七にいった。

「ええ、あっしもありますね」

「なんだっけな」

「もう五年前ばかり前に店は潰れているんですよ」

見かねたか、伴之助が教えてくれた。

「ああ、うまい蒲鉾を食わせるって評判の店だったなあ。そうだな、潰れちまったんだった」

どうして潰れたのだったか。なにか曰《いわ》くがあったような気がしたが、今は思いだすことができなかった。勇七も同様のようだ。

別に人殺しがあったとか、そんな大層なことではない。そんな重大なことなら、いくらなんでも思い起こせないことはない。

文之介は、店のあったところに行けば、なにか心に触れるものがあるのではないか、と勇七とともに足を運んだ。

蒲鉾屋の藤高屋は近くだった。御籾蔵の真ん前の深川元町である。もともと深川のはじまりの土地でもあり、元町は飛び地がいくつもあるのだ。

「あれ、父上」

文之介は丈右衛門がいることに気づいて、声をかけた。

「おう、文之介」

丈右衛門が手をあげる。勇七に、相変わらず元気そうだな、といった。

「頼りないせがれだからな、おまえがいないと駄目だ。頼むぞ、勇七」

「はい、まかしておいてください。旦那の面倒はしっかりとみさせてもらいますよ」

丈右衛門は妙なばあさんと一緒だった。

「父上、その人は誰《だれ》ですか。もしや父上の本当の母上ですか」

「ほう、おまえもなかなかいうようになってきたな。だが、残念ながらおまえの祖母ではない」

丈右衛門がどういう理由でここまで連れてきたか、語ってきかせる。

「ああ、うまい蒲鉾ですか。確かに、ここのはうまいと評判でしたよ。大きな蒲鉾屋にしては珍しかったのを覚えています」

「そうか。文之介は食べたことがあるのか」

「いえ、それがしは一度も。潰れてから、食べておけばよかったなあ、と後悔したのを覚えています」

「どうして潰れたんだ。なにかあったような気がするんだが、わしはどうしても思いだせぬ。今、近所の者にきこうと思っていたところだ」

「さようでしたか。実を申しますと、それがしも思いだせぬのです」

似た者親子ということか。

だが、文之介としては父親を越えたい。ここはなんとしても、先に心のうちに引き寄せたかった。

文之介は考えはじめた。

宮助という男は、藤高屋に奉公していることを誰にも知られたくなかった。これはどうしてなのか。道々文之介は思っていたが、なにか不正をはたらいたのか。

——不正。

この言葉が胸の襞《ひだ》に突き刺さった。

「思いだしましたよ。藤高屋は不正がばれて潰れたんです」

ああ、そうだったな、と丈右衛門が手のひらと拳《こぶし》を打ち合わせた。

「どうして思いだせなかったんだろう。確か、いくつもの高級料亭から客の食べ残した刺身などを仕入れていたんだ。むろん、じかに仕入れていたわけではなく、その手の業者をあいだにはさんでいたな」

「そうでしたね。あいだに入っていた店がなんという名だったか、父上は覚えていらっしゃいますか」

丈右衛門が目を閉じて沈思する。やがて目をあけた。瞳に輝きが宿っていた。

「廣野屋《ひろのや》といったな、確か」

そうだ、廣野屋だ。

「廣野屋に入れさせていた食べ残しの刺身でつくっていた蒲鉾のことが世間に知れ、商売があっという間に細っていったんでしたね」

「不正がばれてから店が潰れるまで、ほんの十日もなかったのではなかったかな」

その通りだ。

藤高屋が潰れたことに、宮助は関《かか》わっているのか。

不正をあばいたのが、もしや宮助だったのか。

だとして、どうして三つもの長屋を持てるまでになったのか。

とにかく藤高屋の者に会って、話をきかなければならなかった。

それにしても、と文之介は思った。宮助の家産はどうなるのか。

このままでは一人の身寄りもないということで、御上《おかみ》のものになるのは、はっきりしていた。

七

今日もお春は門まで出てきて、見送ってくれた。

かわいいなあ。ずっと一緒にいたいなあ。

だが、お春というすばらしい妻とともに暮らせるのも、仕事をしているからだ。これで仕事を怠けたりしたら、すぐにお役ご免になるだろう。定廻りは花形だから、なりたい者はいくらでもいるのだ。

仕事をして収入がある限り、お春とは死ぬまで一緒にいられる。一所懸命に仕事をしているからこそ、今の暮らしがあるのだ。だから仕事をつらいと思ったり、たまにはずる休みしたいと思ったりしては決してならないのだ。

そんなことをしたら、お春との暮らしが成り立たなくなってしまう。まず仕事ありきなのだ。

お春がいてくれるからこそ、文之介は毎日、新鮮な気分で探索に入ることができる。

どうして藤高屋の不正がばれたのか。

昨日、文之介は奉行所で調べてみた。

奉行所に密告した者がいた。名は明かされておらず、記録にももちろん残っていなかったが、それが宮助かもしれない。

文之介は、陽が低く入りこむ奉行所の大門のところで勇七と落ち合った。

「よし、勇七、行くぞ」

「旦那、張り切っていますねえ」

「当たり前だ。俺はお春を路頭に迷わせるわけにはいかねえから、一所懸命に仕事をすることに決めたんだ」

「これまでだって一所懸命だったじゃないですか」

「これまでと同じじゃ駄目なんだ。俺には二人分の責任というものがあるからな」

「じゃあ、子ができたら、三人分ということですね」

「双子ができれば、四人分だ。三つ子なら五人分だ。とにかく俺は今までよりずっと張り切って仕事をするんだ」

勇七が涙をぬぐう仕草をする。

「どうした、勇七」

文之介はあわててきいた。

「目にごみでも入ったか」

「いえ、旦那が変わったものだなあって思ったら、涙が出てきちまったんですよ」

「大袈裟《おおげさ》なやつだな、相変わらず。嘘泣きじゃねえのか」

文之介は勇七をのぞきこんだ。

「あれっ、ほんとに泣いているのか」

「当たり前ですよ。これまでの苦労が目の前をよぎっていったんです。旦那には、ほほと苦労させられましたからねえ」

「そんなにしみじみいうな」

「嘘ですよ」

勇七がいきなりしゃんとした。

「あっしは泣いてなんかいません。あのくらいじゃ、涙は見せられませんよ」

「なんだ、ということは本物の嘘泣きだったのか」

「ええ、唾をちょこっとつけただけです」

「こいつめ」

文之介は勇七をこづいた。

そういえば、幼い頃にも勇七が嘘泣きをしたことがあった。

あれはどうしてだっただろう。

文之介はそのことを勇七にいった。

「ああ、ありましたねえ」

勇七が遠くを見る目をする。

「あれは旦那が剣術道場に入って、まだ間もない頃でしたね」

「ああ、そうだった。俺は六つから入ったんだ。あれはその二年後くらいだったかな。おめえは嘘泣きしながら、思いあがっちゃいけないって俺を諭したんだ」

「ええ、そうでしたね。あのとき旦那は、毎年行われる他道場との対抗試合に、代表として選ばれたんでしたね」

「代表といっても、前座だったがな」

本当の対抗試合の前に、小さな者同士の試合があったのだ。五人ずつが出場しての勝ち抜き戦だった。

「あっしも観に行きましたけど、旦那は大将におさまっていたんですよね」

「そうだ。あのときは道場での稽古が終わったあと、勇七に一人稽古につき合ってもらえたのが大きかった。あれで俺はめきめき力をつけることができた」

「旦那はご隠居譲りで、もともと剣術の筋はすばらしかったですからねえ」

「勇七、おめえも強かったよ。だから、力がついて、大将になれたんだ」

「対抗試合は、結局、旦那の活躍で勝ったんでしたねえ。旦那はものの見事に四人抜きでしたね。最後の大将戦での、胴を打ち抜いたときの音は、耳の奥にしっかりとしまわれていますよ」

「うん、あれは俺も気持ちよかった。会心《かいしん》だったなあ」

文之介は、相手方の次鋒《じほう》に三人が抜かれて絶体絶命の窮地に追いこまれて、勇七と必死にやった稽古のことを思いだし、相手方を次々に破っていったのだ。

「でも勇七、どうしておめえはあのとき嘘泣きしたんだ」

「正直にいえば、あれは嘘泣きではなかったんですよ」

「えっ、そうなのか」

「本当にうれしくて涙が出てきちまったんです」

「だったら、嘘泣きだなんていわずともよかったんじゃねえか」

「あのとき旦那は、怖いものなしみたいな顔をしていたんですよ。なんでも自分の思い通りになるみたいな表情だったんです」

「それで、勇七は、思いあがっちゃあいけないっていきなりいったのか。嘘泣きだなんて嘘をついて」

「さいですよ。怒りましたか」

文之介は微笑した。

「怒るもんかい。そうやって勇七に鍛えられて、俺はようやく同心らしくなってきたんだからな。これからも思ったことは、びしびしいってくれ。頼むぜ、勇七。俺たちはいつまでも一緒なんだからよ」

勇七が目頭を押さえる。

「旦那にそういってもらえると、あっしは本当にうれしいですよ」

「勇七、そいつは本物の涙か」

勇七がぱっと顔をあげる。すぐにさっと背中を向けた。

「嘘泣きに決まっているでしょう。旦那、さあ、行きましょう」

声がわずかに震えていたような気がした。だが、文之介はそのことに触れるつもりはなかった。

文之介も胸が熱くなっていて、声がろくに出そうになかった。

文之介は、勇七とともに元藤高屋の者たちに次々に会った。手代《てだい》、蒲鉾職人、番頭たちだ。今はそれぞれ別の人生を歩んでいる。いずれも好人物ぞろいで、宮助のことをうらんでいるようには見えなかった。そして、人殺しができるような人たちでは、明らかになかった。

高級料亭から食べ残しを仕入れ、それで蒲鉾をつくっていたという悪さをするようにも見えなかった。

どうしてそういうふうになったのか、最後に会った主人が語ってくれることになった。主人も垂れた目が柔和そうで、いかにも人がよさそうだった。ただ、少し顔色がすぐれず、どこか悪くしているのではないか、と文之介は案じた。そのことをきいてみると、確かに肝の臓が悪く、医者にかかっているとのことだった。

これでもよくなったほうなんですよ、と主人は苦笑しつついった。前はもう死人のような顔色だったんですから。

いま主人は、また蒲鉾づくりに精をだしている。自分一人で材料を仕入れ、つくり、それを一軒の魚屋に卸しているそうだ。うまいと評判で、徐々に客がついており、注文も増えている。

ただ、藤高屋という名は決してだしてくれるな、と魚屋には頼んである。魚屋のほうでも、そのあたりのことはよく心得ているようだ。

「それでどうして、そんな不正をするようになったんだ」

文之介はあらためてたずねた。

そうでしたね、といって主人が唇を湿した。

「こんなのはいいわけにもならないんですけど、実を申しますと、先代——手前の父親が残したたちの悪い借金があったんです」

「いくらあったんだ」

「五百両に近いものです」

「そんな大金だったのか。なんの借金だ」

「やくざ者にだまされて、女に入れあげたんですよ。屋敷のような家を買ってやったり、贅《ぜい》を尽くした着物を与えたりして。父親は女にいわれるままに、やくざ者に借金をしたんです」

文之介は黙って続きに耳を傾けた。

「食べ残しを蒲鉾にするのは、その借金をすべて返し終わるまで、と決めていたんです。やくざ者からは店を売って一気に返すようにいわれていたんですが、そこはがんばって、余分に金を返し続けることで、なんとかはぐらかしていたんです」

なるほど、と文之介は相づちを打った。

「店を売れば、一千両近い金になるのはわかっていましたが、手前はあの店のあるところで商売を続けたかった。深川では珍しく、いい水もわきましたし」

「ほう、そうだったのか」

「皆で力を合わせて必死にがんばり、借金はあと五十両ほどというところまできました。それまでに利息を合わせて千両に近い金を返してきたと思います。あと一息だ、あともう少しで不正はやめられると手前どもは思いました。ところが、そのときに――」

言葉を切り、うつむいた。

「番所に密告があり、不正がばれたのか」

主人が顔をあげる。

「もともと不正をしたのが悪いんです。でも、やはり悔しさがなかったかといえば、嘘になります。これまで必死にがんばってきたのは、いったいなんのためだったんだ、と思いましたから」

それも無理はねえな、と文之介は思った。横で勇七も同じ思いでいるのが、目の色から知れた。

「あるじ、おめえ、誰が番所に密告したのか、知っているのか」

主人がかぶりを振る。

「存じません」

「殺された宮助とは」

主人が驚いたように文之介を見つめる。

「いえ、考えたこともございません。宮助も懸命に汗を流して働いてくれていましたから。あの、宮助だったのでございますか」

「そいつはまだわからねえ」

「さようですか」

安堵したように主人が顎を引く。

「宮助が御番所に密告したとは、誰一人として考えなかったでしょうね」

そうか、と文之介はいった。

「不正が世間に知られたのは、読売《よみうり》だったかな」

文之介はあるじに確かめた。

「はい、さようにございます。あの読売が出てから、大勢の人が押しかけてきて、石を投げるなど、店の前もなかも大騒ぎになりました。それで、手前どもは廃業するしか道はなくなりました」

文之介は腕組みをした。

「高級料亭から売れ残りを買い取り、藤高屋に卸していた店があったな」

「はい、廣野屋さんですね。あの店はとうになくなっています。もともとは肥料を農家に売っている店でしたが」

「廣野屋は、誰があるじだったんだ」

「廣造《ひろぞう》さんという人にございます。一人で店をしていましたね」

文之介は背筋を伸ばした。

「あるじ、最後にききてえんだが」

「はい、なんでございましょう」

主人も姿勢を正し、文之介に控えめな眼差しを当ててきた。

「料亭から食べ残しの刺身を仕入れ、蒲鉾をつくるというのは、誰の思いつきなんだ」

主人がうつむく。

「手前にございます」

そうか、といって文之介は主人の肩に手を置いた。肉が落ちて、女のように華奢《きゃしゃ》だ。

「奉公人のせいにしねえところがいいな。おめえさんがつくっているのは、きっとうまい蒲鉾だろう。今度、買わせてもらうぜ。どこの魚屋に卸しているんだ」

「はい、甲田屋《こうだや》さんといいます。昔は店を構えていましたが、今は振り売りを息子さんがしています」

「昔、つき合いのあった店か」

「はい、藤高屋では魚の仕入れは甲田屋さん一手にまかせていました」

文之介は顎をなでさすった。

「確か、宮助は仕入れ担当だったときいたが」

「はい、宮助が、甲田屋さんは値の張らない割に確かな品を扱っているから、一手にしたほうが利益があがります、というので、それにしたがいました」

主人に道をきき、文之介たちは甲田屋に向かったが、家は留守だった。

ならば、と料亭から食べ残しの刺身を仕入れ、藤高屋に卸していた廣野屋のあるじだった廣造に会った。

しわ深い顔をした、色黒の男で、細い目とほっそりとした顎がどこか狐《きつね》を思わせた。

体はやせ、腕など筋張ったような骨が肌を突き破らんばかりにくっきり見えていた。

「宮助が殺されたことは、噂できいていたという。ろくに感慨もなかったとのことだ。

「宮助さんとは、もう何年も会っていませんでしたからね」

今は肥料だけ売っている、といった。

「番所に藤高屋の不正を密告したのは、誰か、知っているか」

「それは、宮助さんでしょう」

あっさりといった。

「どうしてそう思う」

そんなこともわからないのか、とあきれたように廣造が息をついた。

「読売によって世間が藤高屋の不正を知って店が潰れたあと、宮助さんだけが成功しているからですよ。あとの者はすべて、まったく得をしていない。むしろ、暮らしはひどいものになった。それがわけですよ」

「宮助が密告者だとして、どうして番所に密告したんだ」

「それはあっしにはわかりませんよ。ほかの人にきいてください」

文之介はその言葉に素直にしたがった。

藤高屋で、宮助と同じく仕入れ担当をしていた者に会うことができた。

今は、もともと得意だった包丁の腕を生かし、煮売《にう》り酒屋の厨房《ちゅうぼう》で忙しく働いているそうだ。奉公先に行くのは午後の八つ半くらいからでいいらしく、長屋で男はのんびりしていた。

文之介はすぐに藤高屋のことについてたずねた。男によると、宮助は魚の仕入れを担当し、この男は塩や酒などの仕入れを行っていた。

「塩や酒ってことは、藤高屋の蒲鉾はつなぎを使っていなかったのか」

「ええ、だからあの店の蒲鉾はうまかったんですよ。酒もほんの少量で、においづけでしたね。藤高屋はけっこうな大店《おおだな》でありながらも、つなぎを決して使わないという、かたい信念がありましたね」

男の顔には、誇らしげな感情が浮かんでいる。

「つなぎを使うのは、その店の技のなさを喧伝《けんでん》しているようなものです。確かに形はよくなって、保《も》ちもよくなりますけど、味は確実に落ちますよ」

「そういうものなのか」

「ええ。今も評判の蒲鉾屋が使ってたりするんで、注意したほうがいいですよ」

「そうか、わかった」

文之介は本題に入った。

「宮助が何軒かあった魚屋の仕入れ先を、甲田屋という店一手にまとめたときいたが、まことか」

「ええ、本当ですよ」

男が深くうなずく。

「宮助は、甲田屋から売上の一割を毎月、世話料として払い戻させていたんですよ」

「へえ、宮助はそんなことをしていたのか。一割の世話料というと、毎月どのくらいになるんだ」

「そうですね。二両には、なっていたのとちがいますか」

「そんなにか」

さすがに文之介は驚いた。背後で勇七も同じようだ。

その世話料が蓄えとなり、三軒の長屋を持つための元手になったのか。

「その世話料のことを、藤高屋のあるじは知っていたのか」

「いえ、知るはずがありませんよ」

当たり前でしょう、といいたげな顔で男が語る。

「藤高屋の旦那さまは、宮助のことを信じきっていましたからね」

「おまえさんは、宮助が世話料をもらっていることを、あるじにいおうとは思わなかったのか」

「その気はありませんでしたね」

しらっとした顔で男がいった。文之介ははっと気づいた。

「おまえさんも同じことをしていたのか」

「ええ、まあ」

男が額を指先でこすってから、文之介を見つめてきた。

「だいたいどんな店でも、仕入れ担当というのは似たようなことをしているものですよ。それこそが、仕入れ担当の旨《うま》みってやつですからね」

そういうものだろうとは思っていたが、仕入れ担当をしていた者にじかにいわれると、ちょっと腹が煮えるものがあった。その世話金は、結局は代金に上乗せされて、客が払っているのだから。

文之介は男に、宮助が不正を密告した者だと思うか、という問いをぶつけた。

「ええ、そうだと思います」

「どうして宮助はそんなことをしたんだろう。黙っていれば、甲田屋から少なくない金が入り続けていたはずなのに」

「それがわからないんですよ」

男が首をひねる。

「あれだけいい収入を捨てるだなんて、あっしには信じられなかった。でも、十分に金が貯まっていたのかもしれませんね。三つの長屋の家持ちというのは、そうとしか思えませんから」

男の家を辞した文之介と勇七は、再び甲田屋にやってきた。

一軒家だが、こぢんまりとしている。家自体かなり古い。

枝折戸がついており、勇七があけて庭に入りこむ。文之介も続いた。

庭に立った勇七が、閉まっている腰高障子に向かって訪いを入れた。

なかで人の気配が動いた。人影の映った腰高障子がすっと横に滑った。

女が顔をのぞかせた。両の目尻に深いしわが刻まれていた。頭には白髪がちらほらとまじっている。

この女は、甲田屋の前のあるじ鹿吉《しかきち》の女房だろう。藤高屋のあるじに、しっかりと名はきいてきた。

「おけいさんか」

「はい、さようにございます」

おけいは文之介の黒羽織を見て、目をみはっている。濡縁に出てきた。

「あの、なにかあったのでございますか」

「宮助さんが殺された。知っているか」

おけいが細い首を縦に振った。

「はい、噂にききました」

「どう思った」

「どう思ったとは、どういうことにございますか」

「言葉通りの意味さ」

おけいは、しばらく文之介に眼差しを当てていた。

「別になんの感慨もございません。ああ、亡くなったんだな、というくらいしか」

「宮助とは、おまえさんはつき合いはなかったのか」

「はい。あったのは、主人だけにございました」

おけいに、文之介たちを上にあげるつもりはないようだ。それでも別にかまわなかった。庭に立ったままきいたほうが、文之介の場合、たずねやすい。

「あるじは鹿吉というそうだな。五年前に失踪《しっそう》したときいたが、まことか」

「はい」

「失踪の理由は」

「それがさっぱりわかりません。私には見当がつきません」

「藤高屋が潰れたのと、ほぼときを同じくして、失踪したそうだな」

「それは少しちがいます」

「ちがう。どういう意味だ」

「藤高屋さんが潰れる少し前にいなくなってしまったのでございます」

「そうだったのか。その頃、鹿吉になにかおかしな様子はなかったか」

「いえ、なにも感じませんでした」

そのとき、おけいの背後にすらりとした影が立った。

文之介は目を向け、声を発した。

「鹿太郎《しかたろう》か」

長身の若者がおけいの横に立った。文之介たちに向かって一礼する。

「今、おっかさんに宮助のことについてきいていたんだ」

「はい、きこえていました」

「宮助の死について、おまえさんはどう思うんだ」

「手前は、おっかさんと同じですよ」

「そうか。なら、宮助を殺した者について、心当たりはないか」

「ありません。宮助さんとは、ここ何年も会っていませんから」

「鹿吉さんが健在だったときは、もっと派手に商売をしていたらしいな。今はおまえさんとおっかさんだけで、細々と振り売りの商《あきな》いをしているらしいじゃないか。さっきまで留守にしていたのもそういうことだろう」

「細々とした商売になったきっかけをつくったのが、宮助さんだから、俺たちが殺したとでも、おっしゃりたいんですか」

文之介は今の鹿太郎の言葉を吟味した。

「宮助が、藤高屋の不正を密告した者だと確信しているのか」

「それはそうですよ。藤高屋さんが潰れて、肥えたのは、なんといってもあの人だけですからね」

料亭から食べ残しを仕入れ、藤高屋に卸していた廣野屋のあるじの廣造と同じことをいった。

鹿太郎が軽く咳払《せきばら》いしてから続ける。

「だからといって、手前は宮助さんを殺してなどいませんよ。宮助さんの家は知っていましたけど、近づこうって気になりませんでしたから」

文之介は腕組みした。

「おまえさんが鹿吉さんの跡を継いでいるそうだな。おまえさんは、鹿吉さんの失踪をどう思っているんだ」

「手前は、おとっつぁんは殺された気がしてなりません」

文之介は鹿太郎をじっと見た。

「どうしてそう思う」

「なんとなくです。おとっつぁんは人さまからうらみを買うような人ではありませんが、もうこの世にいないのではないか、そんな気がしてならないんです」

「あの人は生きていますよ」

おけいが、せがれを叱りつけるようにいった。

「鹿太郎、滅多なことをいうものではありません」

ごめんよ、と鹿太郎が謝る。

「誰に殺されたと思うんだ」

おけいにはすまなかったが、心を鬼にして文之介は問うた。

鹿太郎が文之介に顔を向けた。

「いえ、手前にはわかりません」

ほかにきくべきことはないか、文之介は胸のうちを探った。一つあった。

「藤高屋のあるじからきいたんだが、あるじのつくる蒲鉾を売り歩いているそうだな」

ええ、と鹿太郎がうなずく。

「いい材料をつかって、ていねいにつくっています。それが味に出ていますから、お客にも好評ですよ。また食べたいとおっしゃってくださる方がほとんどです。これからずっと売ってゆきたい品ですよ」

「今日の分はまだあるか」

鹿太郎がかぶりを振る。

「いえ、すべて売り切れました」

「そうか。そのうち食べさせてくれ。ちゃんと代は払う」

「承知いたしました」

その後、文之介たちは失踪した鹿吉の友垣と何人か会った。

だが鹿太郎たちと同じで、失踪の理由を知る者は一人もいなかった。誰もが不思議そうに首を振るばかりだった。

鹿吉の友垣と会って唯一、得ることのできた収穫は、六、七年前、一度、料亭で鹿吉が宮助と一緒に飲み食いしているのを見た者がいたことである。

# 第二章　生姜うどん

一

おきちの口に合う蒲鉾は、少なくとも深川富久町の近所にはなかった。

おきちは、遠出してでも自分で探すといい張った。だって、食べたくて食べたくてしようがないんだもの。

そのさまは、駄々《だだ》をこねる幼子《おさなご》も同然だった。

人というのは歳を取ると子に戻るというが、本当なのだな、と丈右衛門は実感せざるを得ない。

昨日は夜が来て、丈右衛門は豆腐屋の半田屋におきちを帰しに行った。

おきちを預かる代は、一日百文。高くはないが、決して悪くないと丈右衛門は思っている。あるじの館ノ助は、気持ちよく払ってくれた。

館ノ助たちに三人の幼子がいることも、そのとき知った。三人の子供を抱えて商売に励むこと自体、たいへんだし、近所をうろつきまわるばあさんがそれに加わったら、へたばらざるを得なかろう。

丈右衛門は館ノ助たちに心から同情した。これからもできる限り、力になってやろうという決意を新たにした。

翌朝早く、丈右衛門はおきちを引き取りに行った。

すでにけっこうな客が来ており、半田屋は忙しそうだった。ここの豆腐のうまさは近隣に知れ渡っているようだ。

丈右衛門はおきちを家に連れていった。

「朝餉を食べたかい」

丈右衛門がきくと、食べた、とおきちがいった。

「おなか一杯になるまで食べさせてもらったわよ」

ぽん、とふくらんだ腹を叩いてみせる。

「おまきさんは、包丁がとても達者で、なんでもおいしいのよ」

おまきというのは、館ノ助の女房だ。

「それはいいな。すばらしい嫁さんではないか」

丈右衛門はほめたたえた。

「おまきさんはいい女房よ。ちょっと気が強くて、館ノ助を尻に敷いているのが気に入らないけど、館ノ助は気が小さいから、あのくらいでちょうどいいのかしらね」

おきちが歌うようにしゃべる。

「でも丈右衛門の旦那、蒲鉾ならまだおなかに入るわよ」

「そんなに蒲鉾を食べたいのか」

「ええ、食べたいのよ、おいしい蒲鉾。喉をかきむしりたくなるほどよ」

「よし、わかった」

丈右衛門は、おきちに深くうなずいてみせた。

「食べさせてくれるの」

「おきちさんの口に合う蒲鉾探しとしゃれこもうじゃないか」

「本当なの、丈右衛門の旦那」

「嘘をいってもはじまるまい。それにおきちさん、正直にいえば、わしも楽しみなのさ。わしは、これまで蒲鉾というものをさほど好きではなかった。それはきっと、本当にうまい蒲鉾を食したことがなかったゆえだろう。わしにとっても、新しい味が見つかるかもしれん。わくわくするのさ」

きっとうまい蒲鉾を見つけてくるからな、とお知佳とお勢に告げて、丈右衛門はおきちを連れて家を出た。

隣家の猫を飼っているおさいを訪ねた。

「おきちさん、久しぶりね」

「本当ね。近くに住んでいるのに、会わないときは本当に会わないわね」

「私は外に滅多に出ないから」

そんな会話が二人でかわされたあと、丈右衛門はうまい蒲鉾屋を知らないか、おさいにきいてみた。

「あたしはそんなに蒲鉾を食べないし、うちの子もそんなに好きじゃないんで、滅多に買わないいんだけど」

猫を膝にのせてなでながら、おさいは少し考えていた。

「扇橋町《おうぎばしまち》に一軒、あるってきいたことがあるわ」

深川扇橋町というと、大横川《おおよこがわ》と小名木川がまじわっているところだ。扇橋という風流な名の橋が、大横川に架かっている。

「店の名は覚えてないの。ごめんなさいね」

「謝ることなどないさ。向こうに行ってきけばすむことだ」

おさいに礼をいって、丈右衛門はおきちを連れて深川扇橋町に向かった。

うまい蒲鉾屋というのは、すぐにわかった。扇橋の袂《たもと》に店があったからだ。美好屋《みよしや》と看板が出ていた。

丈右衛門はさっそく一枚の蒲鉾を買い求めた。小名木川沿いの武家屋敷のほうに足を進め、人けのない路地に入って、懐に大事にしまってあった包丁を取りだした。腰には脇差《わきざし》を帯びているだけだが、さすがに蒲鉾を切る気にはならなかった。

やや厚めに切り、おきちに食べるようにいった。

「ありがとね」

おきちがにおいを嗅ぎ、それから口に持っていった。

「どうかな」

おきちが首をひねる。

「おいしいんだけど、藤高屋さんほどじゃないわねえ」

「満足できぬか」

「ええ。ごめんなさい」

「かまわぬさ」

丈右衛門は明るくいって、残りの蒲鉾を食べた。うまいことはうまい。魚の味がちゃんとしている。香りもいいが、なにか物足りなさが残る。このあたりがおきちの不満のもとなのだろう。

「よし、おきちさん。次の店だ」

「心当たりがあるの」

「ない。だが、人にきけばよい」

丈右衛門はちょうど目の前を通りかかった女房に、そこの美好屋以上においしい蒲鉾屋を知らないか、たずねた。

「美好屋さん以上かどうか、この道をくだっていった石島町《いしじまちょう》においしい蒲鉾屋さんがあると耳にしたことがありますよ。あたしは食べたことがないので、味のほうはなんともいえませんけど」

店の名は大栄屋《だいえいや》だという。

丈右衛門はぴんときた。深川石島町には、大栄橋という橋がある。扇橋と同様、大横川に渡されている。大栄橋のそばに、きっと店はあるのだろう。

ありがとう、と女房にいって、丈右衛門はときおりおきちの手を引いて大横川沿いの道を南に進んだ。

「ここだな」

目当ての場所に大栄屋はあった。丈右衛門はさっそく買い求めた。

また人けのない路地に入り、おきちに食べさせた。

おきちが残念そうに首を振る。

「駄目か」

丈右衛門はまた残りの蒲鉾を口に入れた。先ほどの美好屋と似たような味だ。うまいことはうまいが、なにかが足りない。

丈右衛門はまた人にきき、うまいといわれる蒲鉾屋におきちと一緒に足を運んだ。次の店も駄目だった。

それから足を棒にして、十軒以上の蒲鉾屋を当たった。

もう蒲鉾で腹一杯だった。これ以上、とても入らない。丈右衛門はげっぷがとにかくよく出るようになっているが、そのすべてが蒲鉾くさかった。

一切れずつだが、おきちもかなり食べたせいで、もう飽き飽きという表情をしている。

すでに江戸の町には、夕闇の気配が深く漂いだしている。

「今日はもう、おきちさんの口に合う蒲鉾屋を見つけるのは無理だな」

「さようですねえ。残念です」

おきちが丈右衛門を見つめる。

「丈右衛門の旦那、もうけっこうですよ。あきらめます」

「そういうな。明日もまた探そう」

おきちが力なくかぶりを振る。

「もう疲れてしまいました。明日も同じことをするのは、無理です」

「そうか。すまぬ。おぬしは足弱だったな。元気なので、自分と同じように歩けるものと勘ちがいしてしまった」

「元気は元気ですけど、足が棒のようにかたくなってしまって」

「ならば、わしが明日は一人で探してみよう。おきちさん、きっとうまい蒲鉾を見つけてくる」

「いえ、丈右衛門の旦那、もうけっこうですよ。これ以上、迷惑はかけられません。たかが蒲鉾ですから」

「しかし、うまい蒲鉾を食べたいのであろう。喉をかきむしりたくなるとまでいっていたではないか。あきらめていいのか」

「はい、あきらめます」

おきちはしょんぼりしている。

ここで無理《むり》強《じ》いしても仕方ない。

「そうか。おきちさん、帰るか」

はい、とおきちが小さくつぶやいた。

丈右衛門はおきちが心配になった。

「足が棒のようになったといったな。痛いのではないのか」

「はい、少し」

丈右衛門はしゃがみこんだ。

「おぶおう。乗るんだ」

「えっ、でも」

「いいから」

「丈右衛門の旦那だって、けっこうなお歳なのに」

「鍛《きた》え方がちがう。だから、安心しておぶされ」

「本当によろしいんですか」

「ああ、いいぞ」

「でしたら、すみません」

丈右衛門の背に重みがかかる。だが、やはりたいしたことはない。もともとおきちは肥えていないし、年寄りは骨が抜けたように軽い者が多い。

「ああ、気持ちいい」

おきちが丈右衛門の首筋に頭を置く。

「丈右衛門の旦那の背中はあたたかで、広いし、ずっとこうしていたいですよ」

「そうか。おきちさん、蒲鉾だが、つくってみるか」

「えっ、あたしたちがですか」

「俺は包丁がからっきしだ。不器用なせがれにも笑われておるくらいだ。わしにつくれというのは無理だ」

「実をいうと、あたしも包丁はあまり得手《えて》ではないんですよ。豆腐づくりは仕事なのでうまくなりましたけど、亭主にはいつも出来合《できあい》のものをだしていましたから」

「だとしたら、つくるのは駄目か」

いや待てよ、と丈右衛門は思った。得意な者を探せばいい。

「料理人というわけではないが、包丁を握らせたら玄人はだしという男がいるな」

「まことですか」

「うん、明日にでもそいつに頼んでみよう。わしの頼みならまず断るまい」

しばらく二人は無言で歩いた。夜の色が徐々に濃くなってくる。

「一度、母親をこうしておんぶして歩いたことがある」

丈右衛門はおきちを肩越しに見ていった。

「わしが嫁をもらう直前だった。母親が嫁のために着物を買いたいというので、呉服屋に供をした帰り、なんの拍子かいきなり転んで、足をくじいたんだ。それでおぶって帰った」

「それはよい思い出だわね」

「ところがそれには裏があってな」

「裏というと」

「母親は足をくじいてなどいなかった。わしが嫁をもらう前、どうしても一度、おんぶをしてもらいたくて、芝居を打ったんだと。いってもらえれば、そんな真似《まね》をしなくても、わしはおぶったのに」

「おっかさんは照れたのよ。せがれに正面切っておんぶして、なんてなかなかいえないものね」

「そういうものかな」

「ねえ、丈右衛門の旦那、気になっていることがあるんだけど、きいていい」

「当ててみようか」

「ええ、どうぞ」

「わしが隠居前になにをしていたか、ではないか」

「ご名答」

丈右衛門はさらりと告げた。びっくりしておきちが顔をのぞきこんでくる。

「丈右衛門の旦那、本当なの」

「ああ、本当さ」

ああ、とおきちが声をあげた。

「さっき息子さんのことをいったけど、深川界隈をまわっているお若い八丁堀の旦那が息子さんね」

「そうだ、不器用なせがれだ」

「へえ、そうなの。よく似ているわね」

「せがれはそういわれても、まったく喜ばんが」

「内心は喜んでいるのよ」

「そうかな」

「そうよ」

仙台堀《せんだいぼり》に架かっている海辺橋《うみべばし》を渡る。この橋はすぐそばに正覚寺《しょうがくじ》という寺があることから、正覚寺橋とも呼ばれている。

道は深川万年町《まんねんちょう》に入った。富久町までもうすぐだ。

おきちの家である豆腐屋の半田屋は、深川平野町《ひらのちょう》との境になっている道に面している。

だいぶ暗くなってきた。人通りも少なくなっている。というより、三河西尾六万石の松平家の下屋敷前だけに、人の姿が見えないのも当然かもしれない。

家の者は心配しているかもしれぬ。あまりに長いこと、おきちさんを引っ張りまわしすぎたか。

丈右衛門はおきちを背負い直した。いつの間にか、眠ってしまっている。眠っていても腕で自分の体を自然に支えているから、さして重くはないのだが、少しだけおんぶしにくくなっている。

できれば提灯もつけたかったが、さすがにこの体勢では無理だ。

仕方あるまい。あと少しだ。

半田屋まで、ほんの一町ばかりに迫っている。

丈右衛門はもう一度、おきちを背負い直した。歩きだす。

前から人影が足音をさせて、走ってきた。肩が角張っているのが、丈右衛門の視野に入る。気持ちよさそうに口笛を吹いていた。いい音色だ。

不意に口笛がやみ、男がいきなり走る速さを増した。頭を下げ、丈右衛門のほうに突っこんでくる。

なんだ。

丈右衛門は目をみはった。人影の右手に、鈍く光るものが握られている。

男が一気に距離を詰めた。

丈右衛門は半身になり、脇差を抜こうとしたが、それではおきちを取り落としてしまう。

丈右衛門は男の突進を、足の運びでさっと避けた。影は丈右衛門の横を走り抜けるや、右手を振った。

丈右衛門はそれもよけた。鋭い風がぴっと音を立ててすぎてゆく。

だが、妙な思いを抱いた。なにかおかしい。

——おきちさんを狙っている。

丈右衛門は慄然《りつぜん》と覚った。男の狙いは自分ではなく、明らかに背中のおきちだ。影は足をとめ、姿勢を低くして丈右衛門をじっとうかがっている。右手に匕首は握られたままだ。道の先にある煮売り酒屋の赤提灯の明かりか、匕首は鈍い光を相変わらず宿している。

男の顔は見えない。頭巾《ずきん》やほっかむりをしているわけではないのに、暗さのなかにじっとりと溶けこんでいる。

ずいぶんとこの手のことに慣れている男だ。素人離れしてやがる。

それにしても、なぜこんな男がおきちさんを狙うのか。

丈右衛門は影に向き直り、油断のない目を当てた。

「おい、きさま、どうしておきちさんを殺そうとする」

男は無言だ。もっとも、丈右衛門も男が答えると期待して問いかけたわけではない。ただの時間稼ぎだ。

いきなり刃物を持つ者に襲いかかられて、さすがに動転している。こんなことは、このところほとんどなかった。現役の定町廻りだった頃ならともかく、あまりに平穏な暮らしに慣れすぎていた。

危なかった。

背筋を粘りのある汗が、虫が這《は》うように流れている。

丈右衛門はじりじりと動いて、松平家の下屋敷の塀に背中を預けられる距離まで近づいた。これで、おきちを殺《や》られることはまずない。

しかし、わけがわからぬ。

どうして蒲鉾を食べたがっているだけの、善良なばあさんが、命を狙われなければならぬのか。

「どうしたの」

むにゃむにゃと背中のおきちがいった。

「起きたか」

「ええ、すみません。ぐっすり眠っちまいましたよ。丈右衛門の旦那の背中は、寝心地がいいですよ」

おきちがひっと喉を鳴らし、息をのむ。

「その人はなんです。匕首みたいのを持っていますよ」

「何者か、わからぬ。きいたが、答えぬ」

ようやく落ち着きが戻ってきた。

「丈右衛門の旦那にうらみを持っているのかい」

男におきちが呼びかけたから、丈右衛門は面食らった。

「勘ちがいだよ。丈右衛門の旦那は仕事だったんだ。脇差を引いて、とっととどこかにお行き」

「おきちさん、おりてくれるか」

「ああ、そうだったね」

おきちが丈右衛門の背中をすっと離れた。岩を担いでいたのではないか、と思えるほど体が楽になった。

おきちに塀に貼りついているようにいって、丈右衛門は脇差を抜いた。男を見据える。うつむいているわけではないのに、相変わらず顔は見えない。角張った肩だけが、峰のようにとんがっている。

いきなり男が地を蹴《け》った。土煙が音もなく闇にあがる。

一瞬で、匕首が眼前にやってきた。正確に丈右衛門の目を狙っていた。男はまず丈右衛門を屠《ほふ》ってから、おきちを殺ることに決めたようだ。

丈右衛門は顔をそらして、匕首を避けた。鼻を飛ばすような勢いで、匕首が間際を通りすぎてゆく。

今度は腹を狙われた。丈右衛門は脇差を振りおろした。

男がさっと横にはね跳ぶ。見えない腕に押されたかのように、すぐにまた襲いかかってきた。

匕首が突きだされる。左の頬をめがけてきていた。口のなかに突き通すつもりでいるのを覚り、丈右衛門は体を沈めた。匕首が髷《まげ》をかすめた。

すぐに男が匕首を下に向けてきた。丈右衛門は脇差を振りあげた。

鉄が鳴り、火花が散った。男がうしろに下がる。息を継ぐことなく、またも突進してきた。

匕首がまた目を襲う。丈右衛門は脇差を横に振って、匕首を払いのけた。だいぶ男の素早さにも慣れてきた。

一間ほど距離を取った男が丈右衛門をにらみつけている。顔のつくりはまったく見えなかったが、気配からそうと知れた。唇をぎゅっと嚙み締めてもいる。今にも舌打ちがきこえてきそうだ。

「丈右衛門の旦那、あ、あれ」

うしろからおきちが震え声でいう。

横から提灯の明かりが近づいてきた。

「そこのあんた、助けておくれ。人殺しだよ。人を呼んでおくれ」

ぎょっとして提灯がとまる。

「早く人を呼んできておくれ」

「ま、待っててくれ」

激しく揺れながら、提灯が遠ざかってゆく。煮売り酒屋に入っていったようだ。

男はそれを無造作に見送っていた。

すぐに煮売り酒屋から、わらわらと数人の男たちが転がるように出てきた。こちらに向かってくる。

それを見て、男が軽く首を振った。小さく体を動かしたと思ったら、あっという間に駆けだしていた。

姿が闇ににじんでゆく。ほんの数瞬で完全に夜のとばりに取りこまれた。

さすがに丈右衛門はほっとした。

生きているな。どこにも怪我はないか。

あちこち触って確かめた。

ふむ、どこも切られておらぬ。

「丈右衛門の旦那、大丈夫かい」

「ああ、平気だ」

男たちがやってきた。

「人殺しときいたけど」

男の一人が肩を怒らせ、丈右衛門を胡散臭そうに見やる。

「この人じゃないよ」

おきちが強くいった。

「この人は、追い払ったんだよ」

「なんだ、おきちばあさんじゃねえか」

「ああ、万之助《まんのすけ》かい」

「おきちばあさん、いったいなにがあったんだい」

ほかの男たちも知りたそうだ。

丈右衛門は、おきちが説明しているあいだ、息をととのえた。

「御牧さま、とおっしゃるんですかい」

万之助がきいてきた。

「元八丁堀の旦那というのは、まことですかい」

「本当に決まっているだろう」

おきちが厳しい口調でいう。

「富久町の自身番に届けますか」

「うむ、そのつもりだ」

「じゃあ、行きますか」

丈右衛門たちはぞろぞろと歩きだした。

おきちが狙われたと見せて、実は自分が狙われたのではないのか。

丈右衛門は自問してみた。

わしではない。

すぐに結論が出た。先ほどの男はまちがいなくおきちを狙っていた。

着くとすぐに自身番の町役人になにが起きたか、語ってきかせた。おきちが狙われたのではないか、ということは伏せておいた。知らせたからといって、町役人たちではおきちを守ることはできない。

半田屋に行き、館ノ助にだけは本当のことを話した。

腰を抜かさんばかりに驚いた館ノ助は、そんな馬鹿なことが、と絶句した。

「おきちさんは、わしが守ろう。今宵《こよい》はわしの家に泊まってもらう。いいな」

館ノ助に否やはないようだ。

「はい、よろしくお願いいたします」

丈右衛門はおきちを家に連れていった。

「どうしてあたしがここに」

なにがどうなったのか、おきちはいまだにわからないようだ。

座敷におきちを座らせた丈右衛門はお知佳を呼んだ。

襲われたとき、自分が感じたことを残らず語った。

「えっ、じゃあ、殺されそうになったのは丈右衛門の旦那じゃなく、あたしだったんですか」

「わしの感触ではそうだ」

「でも、どうして」

丈右衛門はかぶりを振った。横の行灯《あんどん》がじじと音を立てた。煙が天井に向けてあがってゆく。悪い油は使っていないから、いやなにおいはしてこない。

「それはわからぬ」

丈右衛門は腕組みをした。

「明日から、どうしておきちさんが狙われなければならぬのか、調べてみよう」

「はあ」

「しばらくのあいだ、わしはおきちさんのそばを離れることはない」

「はい、ありがとうございます」

丈右衛門はにっと笑ってみせた。

「安心してくれ。わしはけっこう腕が立つ。用心棒を雇ったと思ってもらってよいぞ」

丈右衛門はおきちに、狙われるような心当たりがないか、きいた。

おきちは必死に頭をめぐらせていたが、ありません、と力なく答えた。

「最近のあたしの頭は、蒲鉾のことばかりでしたから」

「蒲鉾を求めて、町を歩きまわっている最中、諍《いさか》いや争いに巻きこまれたり、目の当たりにしたりしたことはないか」

「いえ、ありません」

「なにか妙なことを見たようなことは」

「妙なことですか」

「うむ。胡散臭げな者が夜、こっそりと家を出てきたり、人相の悪い男たちが談合しているところに出くわしたり、刃物のような物を川に投げ捨てるところを見たり、というようなことだ」

「いえ、一切ありません。だいたい夜は家にいますから」

「夜でなくてもいい。昼間でもかまわぬ。心に残っていることはないか」

またおきちが考えこむ。

「ありません。あたしの毎日は退屈なもので、そういうことがあれば、必ず覚えていると思うんですよ。でもなにも引っかかるものがありませんからね」

そうか、といって丈右衛門は次に家についてたずねた。

「家が関係しているかもしれないんですか」

「あるいはあの男は、おまえさんをかどわかそうとしたのかもしれぬ。その上で、家の者の口を封じようとしたとも、考えられるのでな」

「はあ、なるほど。さすがに元八丁堀の旦那ですね。さまざまな方向に頭をひねるんですねえ」

「そういう癖は染みついて離れぬ」

おきちが家のことについて語りだす。

館ノ助たちせがれ夫婦は朝早くから、というより、深夜から働いている。二人ともとても働き者で、おきちは正直、頭が下がる思いだ。

おきちの孫は十一歳を頭に、十歳、九歳の年子の男の子。三人とも元気で、おきちになついてくれている。三人で同じ手習所に通っている。いずれも、学問はなかなかできる。長男は半田屋を継いでもらわなければならないが、下の二人は将来、どういうふうになってゆくか、とても楽しみにしている。

おきちの話をきく限り、江戸のどこにでもいる、平和な一家としかいいようがない。

翌朝早く、おきちを連れて丈右衛門は家を出た。

今日は脇差ではなく、愛刀を帯びている。昨日の夜、しっかりと手入れをした。すばらしい刀身に目を奪われたものだ。

お知佳には、くれぐれも気をつけるようにいった。

「すぐ戻るゆえ、待っていてくれ」

丈右衛門はおきちとともに半田屋に向かった。館ノ助に会う。

「知り合いのところにおきちさんを連れてゆきたい」

「知り合いとおっしゃいますと」

「やくざ者だ」

「えっ」

館ノ助が瞠目《どうもく》する。

「柄の悪い者が大勢いるから、おきちさんを守るのには格好だ。あの家なら、昨夜の男もそうは飛びこんでこられまい」

「はあ、さようですか」

「かまわぬか」

「はい、手前は」

丈右衛門は横にちんまりと座るおきちに目を向けた。

「おきちさんもいいな」

「やくざ者ですか」

「怖いか」

「いいえ、どんなところなのか、ちょっと楽しみです」

「そうか。それは心強い。昨日話した蒲鉾をつくらせてみたい男というのは、そこのやくざの親分だ」

「ああ、そうなんですか」

よし、行こう、といって丈右衛門たちは半田屋を出た。まだ手習所に行く前の三人の子供が、両親とともに見送ってくれた。おきちが目を潤ませていた。

「すぐに戻れる」

丈右衛門はおきちにいった。

「はい、あたしは丈右衛門の旦那を信じています」

二人は、低く射しこんでくる陽に向かって歩を踏みだした。


「ここだ」

路地のどん詰まりの大きな家で、木戸の前に子分が三人、たむろしている。

「これは御牧の旦那」

三人がいっせいに頭を下げる。目がちらちらとおきちに向けられていた。懐には匕首をのんでいる。

「それはよせ、と前からいっているだろう。まるでおまえたちの親分になったような気分になる」

「うちの親分も、本当は御牧の旦那を上にいただきたいんじゃないんですかね」

「ほう、そいつはいいかもしれぬな」

丈右衛門は木戸越しに建物を見あげた。

「紺之助はいるか」

「いらっしゃいます」

木戸があく。

「あの、御牧の旦那、そちらのおばあさんはどなたですかい」

「おまえたちの大事な客人だ」

「はあ、あっしたちのですかい」

丈右衛門は木戸をくぐった。敷石を踏んで、家の前に進む。左側に設けられている枝折戸を入り、座敷につけられた庭に入った。

「大きい家ですね」

おきちが小声でいう。

「阿漕《あこぎ》なことをして稼いでいるからな」

「ああ、そうなんですか」

「でも、やくざ者のなかでは、紺之助は真っ当な男だ。わしは信を置いている。人を裏切るような真似は決してしない男だよ」

「へえ、そうなんですか」

座敷の濡縁に、見知らぬ若い男が立っていた。すらりとした長身の浪人である。腰に帯びた刀は相当のものだ。拵《こしら》えは質素だが、すばらしい刀身がおさめられているのが、丈右衛門には直感でわかった。

刀だけでなく、剣術の腕もかなりのものだろう。

やり合ったら、わしは勝てぬ。

それははっきりとしていた。

すごい男がおるものだなあ。用心棒らしいが、紺之助のやつ、すごいのを雇ったものだ。いったい何者だ。

用心棒は精悍《せいかん》な顔つきをしている。やわらかな笑みを浮かべていた。

「先生、どうぞ、お入りになっていてください。こちらのお方は手前の大事な客人にございますので」

濡縁に出てきた紺之助がていねいにいって用心棒を下がらせた。濡縁に正座する。

「御牧の旦那、ようこそおいでくださいました」

「うむ、ちょっと頼み事があってまいった」

「御牧の旦那のお頼み事でしたら、あっしはなんでも受けさせてもらいますよ」

「ありがたし」

丈右衛門はおきちを紹介し、事情を説明した。

「というわけでな、しばらくのあいだ、このおきちさんを預かってもらいたいんだ」

「お安いご用ですが、しばらくのあいだというと、どれくらいですかい」

丈右衛門は軽く腕組みをした。

「どうしておきちばあさんが狙われなければならぬのか、それがはっきりし、さらには狙ったやつをとらえるまでだ」

「手こずられるってことは」

「十分にあり得る。だが、わしとしてはそんなにときをかけたくはない」

「さいでしょうね」

丈右衛門は歩み寄り、紺之助のがっしりとした肩に手を置いた。

「頼むぞ。頼りにしておる」

紺之助が小さな子のように瞳を輝かせる。

「おまかせください。御牧の旦那のためなら、この紺之助、死ぬ気でやりますぜ」

「頼もしいな」

「ここには腕の立つ先生もいらっしゃいますし、腕っ節の強い者もたくさんいやすからね。どんなやつが来ようと、髪の毛一本、触れさせませんぜ。とにかく、おきちさんのことはあっしたちにまかせて、御牧の旦那は存分にお調べになってください」

「よろしく頼む」

きびすを返そうとして、丈右衛門はとどまった。紺之助と呼びかける。

「なんですかい」

「おきちさんのために、うまい蒲鉾をつくってくれ」

さすがに紺之助が怪訝《けげん》そうにする。

「あっしが蒲鉾をつくるんですかい。買ってくるんじゃなく」

そうだ、といって丈右衛門はわけを説いた。

「ああ、なるほど、そういうことなんですかい。わかりやした。腕によりをかけて、あっしがつくらせていただきますよ」

「つくったことがあるのか」

「ありませんけど、なんとかなりますよ。一度、つくってみたいと思っていたんでさ」

「うまいのを頼むぞ。おきちさんが満足するような蒲鉾ができたら、わしにも食べさせてくれ」

「合点承知」

やくざ者とは思えない人のよい笑顔に送られて、丈右衛門は紺之助の家をあとにした。

目指すのは、おきちがよく足を運んだ場所だ。

きっとそういうところで、おきちはなにか見てはならないものを目にしてしまったにちがいない。

# 二

辻《つじ》に立っていると、勇七が汗を飛ばすように走り寄ってきた。

「どうだった」

待ちきれずに文之介は声をかけた。土埃をあげて立ちどまった勇七が、ほっと息をつく。

「やはりこっちですね」

北側の路地を指さす。

「そうか。よし、行こう」

文之介は歩を踏みだした。勇七が前に立ち、先導する。

「ここですね」

角を左、右と折れた路地のなかほどに、黒い塀に囲まれている黒い建物が、木立越しに眺められた。

「へえ、渋い作りだなあ」

「ええ、まったくで。料理や酒が実にうまそうですね」

「酒か。いま飲めたら、どんなにうめえだろうなあ。喉が鳴るなあ」

勇七がやんわりとにらみつける。

「店の人に、たかるような真似はいけませんぜ」

「馬鹿、そんなこと、するわけねえだろう」

「今の旦那なら大丈夫と思いますけど、あっしは酒に関してはまだ完全に信じているわけじゃありませんから」

「なんだ、ずいぶんと信用がねえんだな」

「昔は店の人に勧められるまま、平気で飲んでいましたからね」

「そんなことがあったか。覚えはねえな」

「とぼけてますか」

「勇七、そんな昔のことより、今が大事だろう。さっさと入ろう」

「今度はごまかしましたね」

勇七が店に向き直った。

黒い格子戸だ。

「徹底して黒にこだわっているんだな。なにかわけがあるんだろうなあ」

勇七が格子戸に手をかけた。だが、錠がおりている。

ごめんください、となかに声をかけた。庭には深い木々が生い茂っているが、樹木の上のほうの梢《こずえ》は細切れの光をあたりにやわらかく散らしている。敷石に沿うように植えられた草花が風に揺れ、白い花を咲かせていた。

「花は白か。考えてみりゃ、黒い花なんて見たことねえな」

戸のあく音が木々の向こうからきこえ、敷石を踏んで、奉公人らしい若い男が走ってきた。黒い作務衣《さむえ》を身につけている。

着物も黒かい。

「すみません」

文之介の黒羽織を認めて、頭を下げる。

「店は夜からなものですから」

「すまねえな。こんなに朝早くから押しかけたりしてよ」

「いえ、そのようなことは」

恐縮して頭を下げる。錠をはずし、格子戸を横に滑らせた。

「どうぞ、お入りになってください」

「じゃあ、遠慮なく」

文之介と勇七は格子戸をくぐり抜けた。木々の吐きだすかぐわしいにおいに体がとらわれる。

「なかなか気持ちのいい庭じゃねえか」

「おほめいただき、ありがとう存じます。主人が手塩にかけている庭でございます。今のお言葉をきいたら、さぞ喜びましょう」

奉公人が、控えめな眼差しを文之介たちに向けてくる。

「それで、どのようなご用件でございましょう」

「ちと五年以上前の客のことで、話をききてえと思って足を運ばせてもらった。正しくいえば、六、七年くらい前の客についてだ」

「承知いたしました」

若い奉公人が文之介たちを建物のなかに導いた。右側に立つ太い柱も、ものの見事に真っ黒だ。

「どうして黒にこだわっているんだ」

文之介は奉公人にたずねた。

「店の名は佐龍《さりゅう》で、黒とは関係ねえよな」

「ああ、はい。先ほど話に出てまいりました主人が玄右衛門《げんえもん》と申します。玄という字は黒という意味もございます。そこからでございます」

「名からきているだけか」

「あまりたいしたことがなくて、申しわけないことにございます」

「いや、そんなことはねえよ。たいしたわけさ。なあ、勇七」

「はい、もちろんですとも」

文之介たちは座敷に案内された。い草の香りが立って、知らず深い呼吸をしていた。

床の間に高価そうな一輪挿《いちりんざ》しの壺《つぼ》が置かれていた。花は生けられていないが、これは夜になってからだろう。

熊《くま》と烏《からす》がにらみ合っている絵が描かれた掛物も下がっている。これも、黒に対するこだわりだろう。

茶ももたらされ、喉が渇いていた文之介たちは遠慮なく喫した。

「ああ、うめえ」

「まったくで。よく吟味されたお茶ですね」

「勇七がさっきいった通り、酒や料理も相当うめえだろうなあ」

「ええ、さいでしょうね。でも、お代をきいたら、目の玉が飛び出るほどのものじゃないですかね」

まちがいなくそうだろうな、と文之介は相づちを打った。

佐龍は深川猿江《さるえ》町にあり、つい先日殺された宮助と五年前に失踪した鹿吉の二人が、一緒に飲み食いしているところを目撃された料亭である。

廊下を渡ってくるひそやかな足音がし、部屋の前でとまった。失礼いたします、と声がかかり、襖《ふすま》が音もなくあいた。

顔をのぞかせたのは、ひげと月代《さかやき》をきれいに剃りあげた年老いた男だった。髪の毛は見事な銀色で、つやつやとした光沢を帯びている。細い目はあたたかみを帯びており、口元はほどよく引き締まっている。左の頬に小さないぼができていた。

「あるじの玄右衛門にございます」

文之介たちの前に膝行《しっこう》してきた。

「さっそくお話に入らせていただきます。なんでも、六、七年前のお客について、おききになりたいとのことでございますが」

「うん、その通りだ」

文之介はあるじに目を据《す》えた。見れば見るほどすごい銀色の髪だ。

しかし、見とれている場合ではなかった。文之介は軽く咳払いした。

「あるじは宮助と鹿吉という二人を覚えているか」

玄右衛門はほんの一瞬、顔をうつむかせただけだ。

「ええ、覚えております。宮助さんは藤高屋さんの仕入れを担当されていたお方、鹿吉さんは魚屋の甲田屋さんのご主人でございます」

「さすがだな。この二人だが、頻繁にこちらに来ていたのか」

「はい、ご贔屓《ひいき》にしていただきました。ただ、それも藤高屋さんがあんなことになる前のことにございますが」

「どのくらいの割りで来ていた」

「月に一度、というところでございましょうか」

玄右衛門が庭のほうに目を投げる。

「庭に離れがございます。そちらがあいているときは、いつも利用されていました」

「けっこう金は落としていったんだな」

「はい。上客でいらっしゃいました」

ここで派手に飲み食いしていたというのか。たいしたものだ。

「払いはどっちがしていた」

「いつも鹿吉さんのほうにございます」

つまり宮助は、鹿吉にたかっていたのだろう。売上の一割の世話料を手にし、金をもらうだけでは飽きたらなかったのだ。

「どうして藤高屋が潰れたか、あるじは知っているようだが、ここは、客の食べ残しを廣野屋に頼んでいたのか」

「滅相もない」

玄右衛門が、目に強い光をたたえて否定する。

「食べ残しは、裏にある店の畑に肥料としてつかっております。それは昔からのことで、今も変わりございません」

「すまねえことをいったな。忘れてくれ」

「はい、手前も声を荒らげてしまい、申しわけなく存じます」

「あるじは、宮助が殺されたのを知っているか」

「はい、店の者が噂を拾ってまいりまして、それを耳にしました」

「宮助を殺した下手人に、心当たりはないか」

「いえ、手前は存じません。宮助さんの名を耳にしたのも、何年ぶりかでございましたから」

玄右衛門に時間を取らせたわびを口にして、文之介と勇七は立ちあがった。

「一つきいてえんだが、いいか」

玄右衛門が見あげてくる。

「佐龍って名は黒と関係ないよな。これはどうしてつけたんだい」

「それでございますか」

玄右衛門が微笑する。

「手前の子が佐世《さよ》に龍吉《たつきち》というもので。二人から一字ずつをもらいました」

「子が生まれてから、この料亭をはじめたのか」

「さようにございます。それまで手前は、別の料亭で板前をしておりました」

「独り立ちしたのか。苦労しただろう」

「いたしましたが、楽しい苦労にございましたな。努力さえすれば、すべて自分に戻ってくる。これは、ひじょうにやり甲斐《がい》がございました」

実感のこもったいい方だ。

「うむ、人に使われないっていうのは、そういうことなんだろう。俺なんかには、とてもうらやましいぜ。どんなにがんばって事件を解決したとしても、俸禄《ほうろく》があがることはねえからな。ずっと三十俵《ぴょう》二人扶持《ぶち》だ」

玄右衛門がにこにこしている。

「お役人は、別に俸禄があがらずとも、一所懸命に仕事に励まれると、お顔に出ておりますよ」

文之介はつるりと顔をなでた。

「あるじ、そいつは勘ちがいだよ。俺は褒美《ほうび》もなしに働くのは大きれえだ」

「さようにございますか」

微笑を絶やさない玄右衛門に見送られて、文之介と勇七は門の外に出た。

「なかなかおもしろいあるじだったな」

「ええ、人を惹《ひ》くところがございますね」

「本当に食べに来てえものだな」

「いつか来ましょう」

「それがいつになるかが、さっぱりわからねえんだよな。——さて、勇七、次はどこだ」

「食べ残しの始末を廣野屋さんにまかせていた料亭ですね」

「そうだ。遠雅《おんが》だな」

遠雅は深川山本町《やまもとちよう》にあった。東側は木場が広がっている。西側に浄心寺《じようしんじ》や雲光院《うんこういん》などの大寺があるせいなのか、静謐《せいひつ》さが色濃く漂っていた。

なかに入り、古株の番頭に話をきいた。

ここは読売に名が出てしまったせいで、一時は大きな打撃を受けた。客足が一気に遠のいたのである。客の食べ残しの始末を頼んでいた廣野屋がまさか蒲鉾屋の藤高屋に卸していたなど、知る由もなかった。

「ほかにも同じような目に遭った料亭はありましたが、手前どもが最も名の知れた店ということで、いちばん強く責められました。石を投げられたり、火をつけるという投げ文があったりもしました。まったく災難でございました」

「客足は戻ったのか」

「はい、だいぶ。しかし、一番いいときのようにはまいりません。八割方といったところでしょうか」

「それも、これからの地道な努力次第だろうよ」

「はい、それは肝に銘じております」

「客の食べ残しを廣野屋に渡す役目の者はいたのか」

「食べ残しの始末は欣二郎《きんじろう》という追廻《おいまわし》がやっておりました」

「会えるか」

「いえ、もうこちらにはおりません。首になりました」

「どうして首に」

「あの男は住みこみではなく、通いでしたが、顎にひどい怪我をして店に来たことがありましてね」

「顎に怪我か。誰かに殴られたのかな」

「はい。賭場《とば》で喧嘩をしたらしいのでございます。それで、こちらを突きとめたやくざ者が乗りこんでまいりました。その一事で、欣二郎はこれです」

首を切られる仕草をした。

顎の傷といえば、と文之介は思いだし、斜めうしろに控えている勇七にちらりと目をやった。勇七がうなずき返してくる。

顎に傷がある男が殺された宮助につきまとっていたと、長屋の女房がいっていた。

「欣二郎というのは、この男か」

文之介は女房の言をもとに描きあげられた人相書を見せた。

古株の番頭がじっと見る。

「似てはいます」

「ちがう男か」

「ちがうともいいきれないのですけど、微妙なところですね」

きっと人相書が、あまり似ていないのだろう。

とにかく、欣二郎を探しださねばならない。

「欣二郎がこの店を首になったのはいつだ」

「かれこれ五年になりましょうか」

「藤高屋が潰れた頃だな」

「はい、あの直後ではなかったかと存じます」

そうか、と文之介はいった。

「欣二郎というのは、どんな男だった」

はい、と番頭が唇をなめた。

「とにかく博打《ばくち》が好きでございました。店の者によると、さいころの扱いがひじょうに巧みだったとのことにございます。あと、女と酒にだらしなかったともきいております」

飲む、打つ、買う。三拍子そろったくず男ってところか。

となると、まともな道を歩いてはいまい。

今頃、やくざ者のもとにもぐりこんでいるのかもしれない。

文之介はまたも勇七に人相書の達者を呼びに、町奉行所に走ってもらわなければならなくなった。

三

わしが狙われたということは、ないだろうな。

丈右衛門は土埃がしきりに舞い、目に入ってくる道を足早に歩きつつ、もう一度、考えてみた。

あれは、紛《まぎ》れもなくおきちばあさんを狙っていた。まちがいない。

やはりおきちには、狙われねばならないなんらかの理由があるのだ。

それはいったいなんなのか。明らかにできれば、おきちを狙った者のところに必ず行き着けよう。

丈右衛門は、おきちがよく行っていたところに足を運んだ。

深川富久町の家の近くもあれば、けっこう距離のあるところもあった。神社、茶店、寺、甘味処《かんみどころ》、友人宅などだ。

神社や寺ではいろいろなところに座ってさまざまな景色を眺め、寺僧や神主に話をきいた。

茶店では甘いたれが舌に心地よい団子を口に運びつつ、看板娘におきちの話をきいてみた。

友人には、一緒にいたときにおきちの様子に変わったところがないか、たずねてみた。

だが、いずれも、これは、という話をききだすことはできなかった。

富久町に戻り、いったん家に寄った。お知佳に無事におきちを預けてきたことを知らせた。

お知佳は丈右衛門の身を案じていたらしく、そっと体を寄せてきた。丈右衛門は静かに抱き締めた。

このまま押し倒したい衝動に丈右衛門は駆られたが、お知佳の背中のお勢が目を覚まし、あわててお知佳から離れた。

それに、今はおきちのことを調べることがなによりも大事だった。

「夕方には戻ってくる」

やや潤んだ目をしたお知佳にいい置いて、丈右衛門は家を出た。

色っぽいおなごよな。

妻にできた幸運に、にやけてしまう。

今は、おきちばあさんのことに集中しなければならぬ。

隣家の、猫を飼っているおさいばあさんを訪ね、おきちのことをきいてみた。

「おきちさん、親切なんだけど、けっこう気短で、いろいろといざこざはあったのよ」

「たとえばどんな」

おさいが膝の上の猫をなでる。

「商売絡みでは、豆腐の原料となる大豆のことで仕入れ先とだいぶもめたことがあるって、館ノ助ちゃんからきいたことがあるわ」

「おきちさんが仕入れ先ともめたのか」

「ええ、館ノ助ちゃんは気弱だから、あまり強く出られないからって、かなりきつくいったみたいよ」

「ほう、そうか」

「実際に、仕入れ先が持ってきた大豆があまりいいものではなかったのは確からしいわ。大豆がよくなければ、おいしい豆腐はできないものね」

「あそこの豆腐のうまさは、大豆のよさが大きいんだな」

ええ、そうよ、とおさいがいった。

「それはいつの話だ」

「かれこれ三ヶ月くらい前になるんじゃないかしら」

三月前か。これは少し苦しいだろう。間が空きすぎているし、人を殺す理由としてあまりに弱い。

「あと、よく知られた話だと、この近くの高島湯で、おひらさんと大喧嘩したこともあるわ」

高島湯は、深川万年町一丁目にある湯屋《ゆや》である。

富久町には湯屋がないから、このあたりの者は皆、高島湯の世話になっている。

「おひらというのは誰だ」

「丸太橋《まるたばし》そばの一軒家の女房よ。亭主は大工で稼ぎはけっこういいの」

「その大工の女房とおきちさんは大喧嘩をしたのか。わけは」

「おきちさんのところは、みんな、それはよく働いているのに、おきちさんだけは一所懸命仕事をしていない、仕事ぶりがまじめでないって、いわれたらしいの」

「ほう」

「豆腐がまずいといわれるならまだしも、働く姿勢のことをいわれては、きき捨てにできない。あんたにいったいなにがわかるってのよ。おきちさん、おひらさんに、そう食ってかかっていったの。これがもう半年ばかり前のことになるかしら」

半年前か。それは先ほどの大豆の件よりも厳しいか。

「おひらという女房は、その喧嘩で怪我でもしたのか」

「いいえ、ぴんぴんしているわ。おきちさんにも怪我はなかった」

「二人は今もいがみ合っているのか」

「多分ね。女は、男の人のように水に流すってことはできないから。でも、おひらさんはもともと口が悪いから、ほかの人にもいろいろいっているし、おきちさんのほうでも、つとめて気にしないようにしているんじゃないかしら」

「ほかになにかおきちのことであるか」

「あの、その前にいいかしら」

なにがいいたいか、丈右衛門には見当がついた。うなずいてみせた。

「どうしておきちさんのことを根掘り葉掘りきくの」

「ちょっとあったんだ。詳しくはいえぬのだが」

「あの、丈右衛門さんて、前はなにをしていたの」

おさいがうかがうような目で見ている。猫をなでる手がとまっていた。

丈右衛門は正直に話した。

「ああ、八丁堀の旦那だったの」

おさいが納得した顔になる。

「なにかただ者じゃないって感じがしていたのよね。ごめんなさいね、これまでずっと無礼なものいいをして」

「いや、かまわぬ。これまで通りのほうが、わしとしても気楽でありがたい」

「丈右衛門の旦那がそういってくれるのなら、お言葉に甘えようかしら」

「そうしてくれ」

丈右衛門は笑みをたたえていった。

「ほかになにかあるか」

そうねえ、とおさいが首をかしげる。また猫をなではじめた。猫は気持ちよさそうに目を閉じている。

「そういえば、やくざ者と喧嘩したこともあるわ。どうやら豆腐が腐っていたと因縁をつけてきたらしいの。水を浴びせて追い返したって、息巻いていたわね」

これは、二月ほど前の出来事だそうだ。

「ほかにも、武家奉公の中間を殴りつけたこともあったわ」

「中間を殴りつけたのか」

「ええ、おきちさん、猫をいたぶっていたのを見かねたのよね。私が猫好きなのを覚えていて、助けてくれたのかもしれない。これは、そんなに前じゃないわ。せいぜい十日ばかり前のことよ」

中間か。渡り中間にはたちの悪い男が多い。そういう者がおきちをうらみに思ったか。

だが、果たして殺そうとまで考えるだろうか。

丈右衛門には、どれもぴんとこなかった。いずれも命を狙う理由としては弱すぎる。

このなかでは、やくざ者が一番あり得るかと思ったが、果たしてどうだろうか。

深く礼をいって、丈右衛門はおさいのもとを辞した。

空を見あげた。太陽は大きく傾き、そろそろ暮れはじめている。南から厚い雲が押し寄せてきていた。

雨になるかな。

湿気を含んでいるのか、大気が白くかすんでいる。風にはかすかに雨の香りが含まれていた。頭のうしろの毛が、べたつきはじめている。

さて、どうするか。

やはりおきちのことが気にかかる。

一目だけでも顔を見ぬと、妙に落ち着かぬ。

丈右衛門は紺之助のところに向かった。

おきちは元気なものだった。紺之助の子分を相手にさいころ博打をしていた。どうやら大勝している様子だ。

その証拠におきちのそばに銭の山ができていた。子分たちの目には、こんなはずじゃないという色が浮かんでいる。ひどく血走っていた。

しかし、おきちにいいように鴨《かも》にされているようでは、やくざ者に向いていないのではないか。

この一家の紺之助頼りは、昔から変わっていない。

そろそろ賭場に出かけようとしているらしく、紺之助たちは支度をしていた。壁に背中を預け、笑んでおきちたちの様子を見守っていた遣手《つかいて》の用心棒がちょうど立ちあがったところだった。

やはりすごいな。

見れば見るほど凄腕《すごうで》という雰囲気が伝わってくる。

紺之助はこんなにすごい腕を持つ浪人を、どこで見つけたのだろう。

「紺之助」

丈右衛門は座敷の隅に手招いた。

「どこであの用心棒を拾ってきたんだ」

「いつもあっしが使っている口入屋《くちいれや》ですよ」

「どうして、あんなすごい腕の用心棒が要るんだ。命を狙われているのか」

「滅相もない。でも、腕のいい用心棒にいてもらって損はまったくありませんからね」

「それはそうだな。代もいいんだろう」

「それが、ほかの用心棒とたいして変わらないんですよ」

「ほう、そいつは得だな。よく働いてくれるか」

「ええ、それはもう。このところ、賭場のほうがちょっと——」

紺之助が鬢をかく。

「賭場に関して、あっしらはやってないことになっているんですけど、御牧の旦那はとうに隠居されているから、もういいですね」

「別に隠し立てせんでも、誰もが知っていることだ。文之介も知っているぞ」

「ああ、さいですかい」

紺之助が、いたずらを見つかった幼子のようにぺろりと舌をだす。

「それで賭場がどうしたんだ」

「ええ。別になにかあるってわけじゃないんですけど、最近、なにか妙な雰囲気が常に漂っているような感じなんですよ。ちょっと気になっているんです。それで、特に口入屋に頼んで、凄腕にやってきてもらったんです。わざわざ本郷《ほんごう》のほうから来てもらったんですよ」

「本郷から。それはまた遠いな。住みこみか」

「さいです。うちのいちばん上等の部屋に寝泊まりしていただいていますよ」

それにしても、と丈右衛門はいった。

「妙な雰囲気か。なにがもとになっているのだ」

眉を寄せ、紺之助が頭をかしげる。

「それがさっぱりなんで」

「確かに気になるな。これから、皆、賭場に出かけるのか。おきちさんはどうするんだ」

丈右衛門は気にかかって、紺之助にただした。

紺之助が大丈夫ですよ、というように大きく顎を引く。

「一緒に賭場に来てもらいますよ。そのほうがよろしいでしょう。疲れたら、眠るところもありますし。なにより、あの先生と一緒というのがいいですよ」

丈右衛門も行くつもりになっている。賭場に漂ういやな雰囲気というのが、気になってならない。

四

「見つからねえな」

文之介は勇七にいった。

「ええ、欣二郎は、いったいどこにもぐりこんだんでしょうねえ」

「やっぱり裏の道か」

「やくざ者の世話になっているっていうのが、やはり一番考えやすいですか」

「ああ。さいころの扱いが得手っていうのを、生かしているのかもしれねえ。また料亭の追廻になっているんじゃねえかって、俺が余計なことを考えたばかりに、遠まわりしちまったな」

「遠まわりじゃありませんて」

勇七がきっぱりという。

「料亭や料理屋にいないってのがはっきりしただけでも、前に進んだことになりますよ。無駄じゃありませんし、遠まわりでもありませんよ」

文之介は勇七を見つめた。

「おめえはいいやつだなあ。俺はおめえと知り合えて、本当に仕合わせだぜ」

「あっしも旦那と知り合えて、幸福ですよ」

「勇七、俺たちは死ぬまでずっと一緒だからな」

「もちろんです。約束ですよ」

おう、と文之介は力強くいった。

「裏の道に入っているとするなら、やくざ者を虱潰《しらみつぶ》しにするしかねえか。いや、それも芸がねえな。蛇《じゃ》の道は蛇《へび》っていう言葉もあるものな」

「やくざ者に話をきくんですね。旦那、いい人が一人いますね」

「ああ、勇七も気づいたか。よし、さっそく行ってみよう」

文之介と勇七は北へと方向を転じた。潮の香りをはらんだ風が背中を後押しする。裾や袖《そで》のなかに入りこみ、ばたばたと鳴りはじめた。

次々にあがる土埃が、薄い幕をつくって前へ前へと流れてゆく。向こうからやってくる者たちはそれをまともに受けて町人、侍を問わず、顔を伏せていた。

そのなかの一人に、文之介は知った顔を見つけた。

「貫太郎《かんたろう》」

声をかけると、びっくりしたように面をあげた。

「あっ、文之介の兄ちゃん、勇七の兄ちゃん」

喜びの声を発する。

「どうした、貫太郎、なにやら考えこんでいるみてえじゃねえか。——この風のなか、立ち話も、ちとつれえな」

文之介は茶店でもないかと探したが、見つからない。とりあえず、そばの路地に身を入れて風を避けた。

高い塀が両側から迫り、風は文之介たちを追いかけてこない。さすがにほっとする。

「それで、なにを悩んでいたんだ。まさか、母ちゃんと新しい父ちゃんがうまくいっていないとか」

「ちょっと文之介の兄ちゃん、やめてよ。二人はとても仲がいいんだから」

「すまねえ。冗談だ。——しばらく顔をだしていねえが、みんな、元気か」

「うん、元気だよ。毎日、おいしいうどんを食べられて、とても仕合わせにすごしているよ」

「そいつはよかった」

文之介は心からいった。

貫太郎は元掏摸《すり》だ。まだ大人という歳でないのに、掏摸で生計《たつき》を立てていた。病気がちの母親のおたきと五人の弟、妹を養うためだった。父親は掏摸で、仲間とともに町方《まちかた》につかまり、死罪になっていた。

とらえるだけならたやすかったが、文之介はそうしたくなかった。罪を問うことなく子供掏摸を泥沼から引きあげる方策はないものか、必死に探し求めた。

結局、手に職を持たせるのが最もいいだろう、とおのれの一存で貫太郎たちを、なじみにしている名もないうどん屋の親父に紹介したのである。

ちょうど親父は人手をほしがっているときで、手先の器用な貫太郎は喜んで迎え入れられた。今では、うどん屋の親父も一目置くほどの腕になっている。

母親のおたきも文之介が紹介した医者の寿庵《じゅあん》の手当で病がよくなり、うどん屋の親父と一緒になって、健やかな暮らしを送っている。

「それで、なにを悩んでいたんだ」

文之介はあらためてきいた。

それなんだけどね、と貫太郎がいった。

「うどんの新しい工夫ができないものかなあって頭をひねっているんだよ」

「貫太郎、新しいうどんを売りだそうとしているのか」

「おかげさまでたくさんのお客さんに足を運んでもらっているから今のままでもいいのかもしれないけど、なにか考えたほうがもっといいと思うんだよ」

「それはそうだ。客なんてのは気まぐれだからな、いつ飽きるか知れたものじゃねえ。でも、あの親父と貫太郎が打つうどんはすごいからな、飽きるなんてことは滅多にあるもんじゃねえけどな」

そうですよ、という顔で勇七が深くうなずく。

「それで、新しいうどんは思いついたのか。——思いついたんなら、そんな顔はしてねえか」

貫太郎が苦笑し、頬を指先でかく。

「ちょうどうどんも打ち終えたばかりで、お客さんもまだだからね、そういうときにこうしてよく歩いているんだよ。店にこもっているより、外に出て風を浴びたほうがいい考えも浮かびそうだし」

貫太郎が、文之介と勇七を交互に見つめてきた。

「ねえ、なにかいい案はない」

すがるような色が瞳にある。

貫太郎は、店の役に立ちたいって心の底から思っているんだな。でなきゃ、ここまで真剣な顔はできねえものなあ。若いのがこんなにひたむきな顔をすると、やっぱりまぶしいよなあ。

「一つある」

「ほんと」

「夜中に無性にうどんを食べたくなることがあって、俺がときおりやっている方法があるんだ」

「どんな食べ方」

「生姜《しょうが》をとにかくたくさんすって、そのなかに熱々のうどんをぶちこんでかきまわし、鰹節《かつおぶし》と醬油をぶっかけるだけだ。それをずるずるとひたすらかっこむ」

「たくさんの生姜を使うのか。辛いでしょ」

「ものすごくな。ときおり咳きこんじまうほどだけど、とんでもない辛みが意外に癖になるんだ。貫太郎、あれは、いい生姜を使うのが大事なんだぞ。いい生姜は、辛みがすっと抜けていってくれるからな。よくないのは、いつまでも口に残る」

「たくさんのいい生姜か」

貫太郎が考えこむ。

「ありがとう、文之介の兄ちゃん。新しいうどんづくりの手がかりにさせてもらうよ」

「おう、試しにだしてみるときっとおもしろいぞ。客が目を白黒させるにちがいねえ」

貫太郎は、変わらないなあ、という目で文之介を見ている。

「文之介の兄ちゃん、お嫁さんをもらったというのに、前とまったく同じなんだね」

「そんなことはねえよ。どっしりと落ち着いてきたって評判だぞ」

「評判て、誰がそんなこと、いっているんですかい」

勇七が驚いてきく。

「誰って、俺の耳にはそんな噂がいくらでも入ってくるぞ」

「それは、もう一人の旦那がささやいているだけですよ」

「ふむ、もう一人の俺か。あの声は、確かにそうかもしれねえ」

文之介は顎をなでさすった。剃り残しのひげがあったので、引っこ抜いた。痛えっ、と声が出た。

「こんなに太いのが残っていやがった」

ふっと吹いた。

「文之介の兄ちゃん、赤ちゃんはまだなの」

「まだだな。一緒になってからまだそんなに日がたっていねえからな。でも、ちゃんと励んでいるから、そのうちだ」

「楽しみにしているよ」

「貫太郎、祝言の日みてえにまたみんなで遊びに来てくれ。俺たちもできるだけ、店に顔をだすようにするから」

「今日は来ないの」

「ちょっと行かなきゃいけねえところがある。また今度だ」

そう、と貫太郎がいった。

「貫太郎、そんな顔をするな。またすぐに勇七と一緒に顔をだすよ」

「待ってるからね」

「ああ、約束だ」

文之介たちは貫太郎に別れを告げて、先を急いだ。

路地を入り、どん詰まりの紺之助の家の前にやってきた。

「これは八丁堀の旦那」

門の前にいる紺之助の三人の子分が、ていねいに挨拶《あいさつ》してくる。

「親分はいるかい」

「ええ、いらっしゃいますよ」

木戸がひらく。

「あの、八丁堀の旦那。お父上もいらしてますぜ」

「父上が。どうして」

「妙なばあさん、いえ、ご妙齢のおばあさまを連れていらっしゃいました」

妙なばあさんというと、この前、藤高屋の跡地の前でばったりと会ったときを思いだす。あのとき、丈右衛門は見知らぬばあさんと一緒だった。

あのばあさんを紺之助のところに連れてきたのかな。どうしてだろう。

とにかく、文之介は勇七とともに敷地に足を踏み入れようとした。

むっ。

足がとまる。

「どうかしましたかい」

勇七がうしろからきく。

「勇七は感じねえか」

「なにをですかい」

「目だ」

「えっ」

「振り向くな」

文之介は制した。神経を集中し、どこから見ているのか、探った。

不意に蓋《ふた》をされたように消えた。

文之介は首をめぐらせた。視野に、こちらを見ている者など入ってこない。

「見まわってみますかい」

「うん、そうしよう」

路地の突き当たりに位置しているだけに、見ている者がいるとしたら、大道への出口あたりだ。先ほど目を向けたときは、誰もいなかった。

二人でそこまで足を運んでみた。

だが、大道にも紺之助の家を見張っているような怪しい人影はなかった。多くの人が笑みを浮かべ、あるいはむずかしい顔をしつつ、行きかっているだけだ。

「それらしいのはいねえな。俺が気づいたのに気づいて、逃げやがったようだ」

決して勘ちがいではない。

「でもどうして紺之助親分の家が見張られているんですかね」

「父上が連れてきた、妙なばあさんが関係しているのかもしれねえ」

文之介たちは、あらためて紺之助の家の木戸をくぐった。

子分に案内され、丈右衛門がいる座敷にやってきた。

あの妙なばあさんがいて、子分たちとさいころ博打に精をだしていた。一人ずつ相手にしている。

子分が壺に入れて転がした二つのさいころが丁半どちらかを当てるだけだが、勘がよく、ほとんど負けていないようだ。銭をあっという間に巻きあげられて、子分が悄然《しょうぜん》と去ってゆく。ばあさんのそばには、銭が山と積まれていた。

紺之助たちは出かける支度をしていた。そばに若い用心棒がいた。それがまた一目見てすごい遣い手であるのが知れ、文之介は目をむいた。

いったい何者だい。

「文之介、どうしてここに」

丈右衛門にきかれ、文之介は畳に腰をおろした。

「ちょっと親分にききたいことがあって、まいりました」

文之介は、丈右衛門がここにいる理由を知りたい気持ちを抑え、懐から一枚の人相書を取りだした。

「こいつですよ」

欣二郎といって遠雅という料亭で追廻として働いていた男であると、丈右衛門や紺之助に説明した。人相書は、遠雅の古株の番頭の言葉をもとに新たに描き直したものだ。

「あっしのところに文之介さんが見えたというのは、この男はいま、あっしらの世界にいるってことですね」

勘よく紺之助が問う。

「そうじゃねえかってにらんでいる」

紺之助が子分を全員、集めた。広い座敷が一気に狭くなり、男のにおいに満ちた。文之介は息苦しささえ覚えたが、男たちの熱気がむしろ誇らしかった。

「一造《いちぞう》一家にいた男に似ているような気がしますね」

一人の子分が声をあげた。

「一造一家か。まちがいねえか」

紺之助が子分に確かめる。

「はい、よく似ていると思います」

紺之助が文之介に顔を向けてきた。

「一造一家というのは、最近伸《の》してきたやくざ者ですよ。賭場もいくつかすでに手にしているはずです」

「やり手がいるのか」

「親分の一造がなかなかの男だと耳にしたことはありますよ。あっしはまだ会ったことはありませんけど」

「出入りになるようなことは」

「いえ、縄張が接しているわけじゃありませんし、今のところそれはないでしょう」

「将来、あるかもしれねえんだな」

紺之助が苦笑する。余裕を感じさせる笑みだ。

「それは一造一家に限らず、どこの一家とも考えられることですからね」

一造がどこに一家を構えているのか、文之介は場所をきいた。

紺之助はすらすらと教えてくれた。

「この刻限ですけど、一造は賭場には行っていないと思いますよ。賭場は子分にまかせているそうですから」

ありがとう、と文之介は礼をいった。

「それで父上、どうしてここにいらっしゃるのです」

妙なばあさんは相変わらず、子分たちを相手にさいころ博打をやっている。銭の山は大きくなっていた。

あのばあさん、博打で食っていけるんじゃねえのか。

丈右衛門が説明する。

「えっ、襲われたんですか」

「ああ。一応、自身番に届けをだした。だが、ちと心許《こころもと》ないのでな、紺之助を頼ったというわけだ」

それだったのか、と文之介は覚った。

「どうかしたか」

丈右衛門が目ざとくきく。

文之介は、先ほどの目のことを話した。

丈右衛門が眉を曇らせた。

「ということは、今も狙われているようだな」

「どうされますか」

文之介の問いに、丈右衛門が顎の肉をつまんだ。つまめることに不満そうな色を、ちらりと見せた。

「これから紺之助たちは家を出るそうだ。一緒に行くつもりだ」

承知いたしました、と文之介はいった。

「それがしもお供しますよ」

「よろしいんですかい」

紺之助がびっくりしてきく。

「いきなりお寺社に通報するような真似はしねえから、安心しな」

ありがとうございます、と紺之助が腰を折った。うれしそうな笑みを文之介に向けてくる。

「文之介さん、物言いや物腰が、お父上にそっくりになられましたねえ」

紺之助が、嚙み締めるようにいった。

「そうか」

「うれしくありませんかい」

「そんなことはねえよ」

「父親に似ているといわれて喜ぶようなせがれってのは、滅多にいねえんだ。紺之助、おめえだってそうだろう」

丈右衛門にいわれ、紺之助が大きく首を上下させる。

「あっしにもしそんなことをいうやつがいたら、首をへし折ってやりますよ」

「そいつは剣呑《けんのん》だ。口には気をつけよう」

文之介たちはぞろぞろと家の外に出た。おきちはもう少しさいころ博打をしていたい様子だ。賭場でできますから、と子分が機嫌を取るようにいっている。

文之介は油断なく、あたりに注意を配った。用心棒も同様だ。表情から温和さは消え、鋭い目を放っている。

こいつは本物だ。すげえのを親分は雇ったものだ。どこで手に入れたんだろう。やはり口入屋か。

紺之助の一家には、賭場が三つあるときいたことがある。どれも客筋がよく、盛況だという話だ。

今日は二つは休みで、一つの寺で賭場がひらかれるそうだ。

文之介と勇七は、暗闇の向こうにこぢんまりとした山門がほの暗く見えている路地の手前で足をとめた。山門まではさすがに行く気はない。

「じゃあ、文之介、これでな」

丈右衛門が手をあげる。はい、と文之介は答えた。

「文之介さん、じゃあね。また会いましょうね」

おきちが盛んに手を振る。ここまで来るあいだにいろいろ話して、すっかり親しくなった。

紺之助のつくってくれた蒲鉾はうまかったが、やはりなにかが足りないということだった。

「文之介さん、蒲鉾を忘れないでね」

おきちが念を押す。

「うん、おきちさんが気に入るかどうかわからんけど、とにかく持ってくる」

文之介は、藤高屋の元主人がつくる蒲鉾を、魚屋の甲田屋の跡取り鹿太郎から手に入れるつもりでいる。

「よし、勇七、一造という親分のところに行ってみるか」

「合点承知」

勇七が提灯をつける。

夜の波が静かに押し寄せてきている。すでに江戸の町は闇の海にどっぷりと浸かっていた。

勇七の持つ提灯が、ちっぽけな船の明かりのように頼りなくその海を照らしている。

今頃、お春はどうしているのかなあ。

文之介は会いたくてならない。心の底から惚《ほ》れている。この世で一番好きな女性だ。

俺の帰りを待って、夕餉の支度をしているのかな。支度はもうとうに終わっているのかな。書物が好きだから、本でも読んでいるかもしれねえ。

文之介は面影を引き寄せた。一人でぽつねんと座っているお春の姿が浮かんできた。

寂しそうだ。早く帰ってやりたい。抱き締めたくてしようがない。

これで赤子でもいれば、ちがうんだろうが、最低でも十月は待たなければならない。

誰か人を入れてやるか。そうすれば、退屈を紛らわせられるだろう。

しかし、よほどいい人を選ばなければならない。

やっぱり父上たちを引きとめるべきだったのかもしれねえ。

だが、今さら後悔しても遅い。なにか手立てを考えなければならない。

「旦那、このあたりじゃないですかい」

勇七が提灯を左右に静かに揺らせる。

やってきたのは本所だ。紺之助によると、一造一家は本所松井町《まついちよう》一丁目にあるということだった。

木戸番にたずねると、すぐに知れた。松井町一丁目の南側は大道になっていて、御家《ご》人《にん》の屋敷が並んでいる。その向かいにある一本の路地の奥のほうに、一家の家はひっそりとあった。

忍び返しが設けられた高い塀に、ぐるりを囲まれている。庭は広そうだが、木々など一本も塀越しに見ることはない。すべて伐り払われたのではないか。

代わりに、庭にはいくつもの篝《かがり》火《び》が焚《た》かれているようだ。暗い空に吸いこまれてゆく、幾筋かの煙が眺められる。薪《たきぎ》が弾《はじ》ける音も耳に届いた。

塀を越えて、なかの明かりが路地に漏れている。

木戸はがっちりとしていた。どこかの大寺からでも移築したのではないか、とすら思えるほどだ。

「ずいぶんと警戒していやがるんだな」

文之介は、木戸の分厚い屋根を見あげていった。

「ええ、すごいものですね。金をかけていますよ」

「相当、後ろ暗いことをしているのは、まちがいねえな」

文之介は勇七に目配せした。勇七がうなずき、木戸を叩いた。重い音が響く。

「どちらさまですかい」

どすのきいた声がすぐさま返ってきた。

文之介は名乗った。

「八丁堀の旦那が、どんなご用ですかい」

「俺たちの用といったら、御用に決まっているだろう。親分の一造に会いてえ。ちょっときてえことがある」

「こんな夜にですかい」

「夜のほうが、おめえらはずっと得意だろう。お天道《てんとう》さまに顔向けできねえ商売してやがんだから。これでも、気を利かせたつもりなんだぜ」

一造の子分らしい者が黙りこむ。

「どうした」

文之介は声を放った。

「はい、少々、お待ちください」

「あんまり待てねえぞ。待たせると、木戸をぶち破るからな」

子分が走り去る足音がきこえた。ただ、庭にいたほかの子分たちが木戸のそばに寄ってきているのが、気配で知れた。

「どうしてこんなに警戒してやがんだろう」

一造というのはどんな男なのか。文之介は俄然《がぜん》、興味がわいてきた。

子分が戻ってくる足音が届いた。

「どうぞ」

木戸が静かにひらく。

「すまねえな」

文之介より前に、勇七が入りこんだ。なにが待ち構えているかわかったものではない、と自分が盾になることにしたのだ。

まったくこの馬鹿、気をつかいすぎなんだよ。おめえになにかあったら、いってえどうすんだ。

心中で毒づいたが、文之介はありがたい気持ちで一杯だった。

もっとも、向こうでなにか待ち構えている気配があったら、いきなり入るような真似はしなかった。勇七にもさせなかった。

庭には端から端まで、七つの篝火が焚かれていた。昼間並みとはいかないが、今日の夕暮れよりは明るかった。

道中差《どうちゅうざし》らしい刀を帯びた十人ばかりの子分が、文之介に厳しい目を送っている。

いずれもいやな目つきだ。親分がどんな男か、知れるというものだ。

「薪代がたいへんだろう」

文之介は軽口を叩いてみたが、答える者は一人もいなかった。誰もが口をかたく引き結んでいる。

「愛想のねえ野郎どもだ」

文之介と勇七は、子分に先導されて家に上がり、座敷に落ち着いた。

ここも行灯が三つも置かれている。いい油をつかっているようで、まばゆいばかりの光を放っていた。ただ、煙草《たばこ》のにおいがきつい。かなり吸う者がいるようだ。

すぐに腰高障子の向こうから、失礼いたします、という低い声が発せられた。

腰高障子が横に動く。若い男が顔をのぞかせた。

「手前が一造にございます」

敷居際でていねいに両手をつき、深く頭を下げる。すっと面長の顔をあげ、文之介たちの前に、ごめんなすって、といって進んできた。

控えめに顎を上向きにし、文之介を穏やかな目で見つめる。

優男《やさおとこ》といっていい。白い肌にややつった目をしている。瞳は黒々とし、行灯の明かりを弾くような光をたたえていた。鼻は高く、唇はほどよく引き締められて、いかにも聡明そうな感じがする。

この色白の顔を見る限り、思った以上に若いとはいえ、一家を束ねる器量の持ち主であるのは、疑いようがなかった。体はそんなに大きくないが、猫のような敏捷《びんしょう》さを備えているのは、まちがいない。

「なにか手前にお話があるとのことにございますが」

一造が明快な口調できいてきた。

「うん、これを見てもらいてえんだ」

文之介は懐から、欣二郎の人相書を取りだし、差しだした。受け取った一造が、よろしいですかい、ときいてから畳に広げた。

じっと目を落としている。

「知らねえか、この男」

「欣二郎ですね」

ぽつりとつぶやく。

「知っているか」

「ええ、しばらく草鞋《わらじ》を脱いでいましたから」

「しばらく、ということは今はいねえのか」

「ええ、さようで。お払い箱にしました。欣二郎という男は、小知恵だけで度胸がありませんからね。そんな男は、ここには要りませんから」

「度胸があって、強いのがいいのか」

「ええ。両方とも手前に欠けているもので。自分にないものは、どうしてもほしくなりますよ」

「おめえに両方ないなんてことはなかろう。腕っ節だって度胸だって、相当のものだっていう自負があるだろうに。顔にでっかく書いてあるぜ」

「それは、御牧の旦那が見まちがいされているんでございますよ」

「まあ、そういうことにしておこう」

文之介は手を差しだした。それに気づいて、一造が人相書をていねいに手渡す。

すまねえ、といって文之介は懐に折りたたんでしまった。

「欣二郎はどこに行った」

「はっきりとは知りませんが、多呂吉《たろきち》親分のところで見かけたという者がいましたよ」

文之介も名はきいたことがある。

「多呂吉というと、本所清水町《しみずちょう》の親分だったな」

「ええ、清水町の飛び地のほうですよ。法恩寺《ほうおんじ》橋の近くでございます。――欣二郎がなにかしでかしたんでございますか」

「今はまだわからねえな。話をきいてえだけだ」

よし、さっそく多呂吉のところに行ってみるか。

文之介は首をねじり、勇七にうなずいた。

「御牧の旦那――」

一造が呼びかけてきた。

「今、お仕合わせでございますかい」

なんだ、いきなり。

一造は穏やかに目を細めている。

「まあな」

文之介がいうと、一造の目の奥に粘るような光が宿った。

「そういえば、つい最近、めとられたばかりでございましたな。とてもかわいらしいご新造さまとうかがいましたよ。名は確か、お春さん」

文之介は膝を立て、長脇差を手にした。

「てめえ、脅しのつもりか」

身を乗りだし、一造をにらみつけた。

「滅相もない」

一造がびっくりしたように手を振る。だが、瞳には文之介を恐れる色はまったくない。にたにたと笑いさえ浮かべている。

「俺にはそんな脅しはきかねえぞ。だが、もしお春になにかあってみろ、俺はおまえを殺す。これは脅しじゃねえ」

覚えておきな、といって文之介は一造の家を出た。木戸を蹴り破りたくなるほど、頭に血がのぼっていた。

「旦那、一造の野郎、裏でなにかしていますね」

ふだんは冷静な勇七が憤然とした顔をしている。

「ああ、まちがいねえ。お春まで持ちだすなんざ、よほどあくどいことにちがいねえぞ」

「あっしらの手で、必ずふん縛ってやりましょう」

勇七が一造一家の家を振り返った。憎々しげに見つめている。

一造、と文之介は冷笑を浮かべた顔に語りかけた。

おめえは過《あやま》ちを犯したぜ。それは、俺たちをこんなに怒らしちまったことだ。

そのあと、文之介たちは肩で風を切って本所清水町の多呂吉一家に向かった。勇七の提灯も左右に激しく揺れていたが、本所清水町に着く頃には少しおさまっていた。

多呂吉一家の家は、さほど大きなものではなかった。庭では一本松の大木が、潮をはらんだ風に枝を鳴らしていた。

「なかなかいい枝振りですね。あれで小さかったら、盆栽につかえそうですよ」

勇七が真顔になり、錠のおりた格子戸に向かって訪いを入れる。

灯籠《とうろう》の明かりが庭をぼんやりと照らしてはいたが、一造のところのように篝火が焚かれてはいなかった。

二人の子分が出てきて、誰が来たのか、あらためる。文之介の黒羽織を認めて、すぐに辞儀をし、錠を解いた。

「ここに欣二郎という男はいるか」

文之介は子分にただした。

「欣二郎でしたら、もういません」

「どこに行った」

「いえ、あっしは存じません」

もう一人もかぶりを振る。

「行方《ゆくえ》を知っている者はいるか」

「いないんじゃないでしょうか。なにしろちょっとありましたからね」

「なんだ、ずいぶんと思わせぶりないい方をするじゃねえか。——こんなところで立ち話もなんだ、入れてもらおう。親分の多呂吉にも会っておきてえ」

子分たちは逆らわなかった。厚みのある格子戸が軽やかな音を立てる。

文之介たちは足を踏み入れた。

灯籠の明かりが見える座敷に通された。ここも一造のところと同じく、煙草のにおいが鼻をつく。

親分の多呂吉はすぐに姿を見せた。帯に煙管《キセル》を突っこんでいる。よほど煙草が好きなのだろう。

「忙しいところ、すまねえな」

「忙しいなんてことは、ございませんよ」

頬がたっぷりとし、福々しい顔をしている。ただし、さすがに目は鋭い。細い目に、氷のような冷たい光がたたえられている。

やるときは容赦なくやる、という冷酷さが感じられた。煙草の吸いすぎか、歯がやにで黄ばんでいた。

考えてみれば、江戸には煙草のみが多い。男の八割以上が吸うのではないか。

文之介は、煙を吸ってなにがうまいのか、と思うだけだ。

ずっと若い頃、どのくらいうまいものか、わくわくしつつ、一度、自分の部屋で煙管をくわえてみた。だが、吸いこんだ途端、くらくらしてぶっ倒れてしまった。それ以来、二度と煙草を吸おうという気は起こらない。

「欣二郎という男を覚えているか」

文之介は問いを発した。

「ええ、覚えております。小才だけの度胸のない男にございますよ」

「ひでえいわれ方だな」

「それも仕方ありません」

「欣二郎はなにかしでかしたのか」

「うちでやったわけではありませんが」

「どこでやったんだ」

「さあ、存じません。しでかしたという噂だけを耳にしておりますので」

「その噂とやらをきかせてもらおう」

こほん、と多呂吉がわざとらしく咳払いした。

「よその一家での話ですが、あの男、賭場で壺振りをまかされていたらしいのです。そのときに、親分に内緒でやっていたいかさまがばれたらしいんですよ」

「そいつは困ったことをしでかしたものだ。それで欣二郎はどうなったんだ」

「そこの親分は指を詰めさせたようにございます」

「ほう、指をな。さぞ痛かっただろう」

「泣いていたそうにございます」

文之介はにっとした。

「噂にしてはずいぶんと詳しいじゃねえか」

多呂吉が頬を揺らして笑い返してきた。

「その噂が、実に詳しかったんでございますよ」

「わかった。そういうことにしておこう」

文之介は笑みを消した。

「欣二郎が指を詰めさせられたのは、いつのことだ」

「噂では、一月ばかり前のことと耳にしておりますよ」

「指を詰めたのは、左手のほうか」

「ええ、その通りですよ」

「親分。噂では、を付け加えるのを忘れているぜ」

「さいでしたね。ええ、噂では左手の小指をやられたときいていますよ」

殺された宮助の長屋に住む女房の話では、宮助につきまとっていた男は、顎に古い傷跡があり、左手に晒しを巻いていたということだった。

この男というのは、もう欣二郎でまちがいなかろう。

行き場をなくして食い詰めた欣二郎は、と文之介は思った。

宮助に金をせびりに行ったのではないだろうか。

# 第三章　床下の馬鹿

## 一

くすぐったい。

「よせ、こら」

丈右衛門は毛むくじゃらの小さなものを顔から引きはがした。

なめられたせいで、顔中べとべとだ。

うー、すごいな。

「顔を洗っていらしたら」

お知佳にいわれた。ほほえましそうにしている。

「うむ、そうしよう」

丈右衛門は立ちあがった。

「またこいつにはなめられるから、同じなんだが。――珠子《たまこ》を見ていてくれるか」

「はい、おまかせください」

丈右衛門は庭に出て、井戸を使った。少しはすっきりした。

ふう、と空を仰ぎ見て、大きく呼吸する。雲はびっしりと覆っているが、厚みはあまりなく、空は白く染まっている。太陽がどこにいるかもわかる。雲にはところどころ切れ間があり、そこから光が柱を大地に突き立てていた。

その雲に向かって、丈右衛門は息を吹きかけた。雲が流れてゆくというようなことは、なかった。

ふう、しんどいな。

犬は嫌いではないが、大好きというわけでもない。顔をやわらかい舌でなめられるのは、正直つらい。

だが、顔をそむけないように、と依頼した者のおあいにきつくいわれた。

――珠子は顔をなめるのが大好きなの。だからなめたいときは、なめさせてあげなきゃ駄目なの。

といってもなあ。

やはり顔がべたべたになるのは、避けたいものだ。

あまり戻りたくなかったが、丈右衛門は部屋に足を踏み入れた。

「ちゃんと帰ってきましたね」

お勢をおんぶしているお知佳が笑って迎える。犬をだっこしていた。

「あなたさま、何度もなめられて、顔がきれいになってまいりましたよ」

「まことか」

「はい」

丈右衛門は頬をなでさすりつつ、畳に腰をおろした。手を差しのばす。

「珠子、おいで」

お知佳が手渡してきた。

丈右衛門は珠子を抱き、顔の高さにあげた。黒い瞳がじっと見るが、目を合わせるとすぐにそむける。

なんだろう、これは。犬は目が合うのが嫌いなのかな。

今朝、おきちのことが気にかかっている丈右衛門がまた紺之助のところに行こうとしていたとき、女の子の来訪者があった。名をおあいといった。

友垣の元吉から猫の湯之吉のことをきいて、丈右衛門に柴犬《しばいぬ》の珠子の世話を頼んできたのである。

代はまたしても三文だ。

おきちのこともあり、本当は断らなければならなかった。

だが、おあいの涙を見て、引き受けざるを得なかった。

珠子は両親に内緒で、近所の空き家で飼っていた。しかし、その空き家に珠子と一緒にいたところ、やってきた大家らしい男に怖い顔でいわれた。ここにそんな犬を入れちゃあいけないよ。

珠子は行くところがなくなってしまったのだ。おあいは、また野良犬に戻すのはどうしてもいやだった。

おあいの家で飼えればいいのだが、父親が大の犬嫌いとのことだ。幼い頃、嚙まれたことがあり、そのことは酒が入ると今でもよく口にしているという。俺は犬が怖くてならないんだよ。

だから、頼んでも無駄なんです。どうせ、捨ててこいって、いわれるに決まっているから。

おあいの依頼は、珠子の住みかを必ず見つけるから、それまで預かってほしいというものだった。元吉の紹介がなくても、これでは断れるはずがなかった。

だが、あの子に果たして見つけられるものかな。

これまで何日間か、必死に探していたようだ。そのあいだは仕方なく、空き家に珠子を置いていたそうだ。

だが、もうこれ以上置いておくのは無理ではないか、と判断して、丈右衛門のところにやってきたようだ。

もし新しい住みかが見つからなかったら、どうするか。

いま気にしても仕方なかろう。そのときになったら、考えればいいことだ。

丈右衛門は、珠子をしげしげと見た。見れば見るほど小さい。これで生まれてから、半年ばかりたっているらしい。そんなふうにおあいがいっていた。

「しかし、おまえ、本当に娘っ子なのか。ちょっと見せてみろ」

丈右衛門は珠子の股間《こかん》を眺めた。雄犬とのちがいがあまりよくわからない。

だが、考えてみると、珠子は後ろ足を広げ、股間を地面に近づけて小便をする。雄犬は、力士が四股《しこ》を踏むときのような形を取る。

ふむ、やはり娘っ子か。

丈右衛門は珠子の首に縄をつけた。少しくらい引っぱったところで外れないのを確かめてから、珠子を連れて、紺之助の家に向かった。

おきちは別段、変わったところはなかった。うれしそうに、さいころ博打に精だしている。

またもおきちのもとに、銭が集まりだしていた。どうしてこんなに強いのか。それとも、ただ、紺之助の子分が弱すぎるのか。

「その犬はなんですかい」

紺之助にきかれた。

「女の子に頼まれたんだ」

丈右衛門は説明した。

「そいつはまたたいへんですねえ」

「紺之助、この犬は珠子というんだが、ついでに預かってくれぬか」

「勘弁してください。あっしは犬とはあまり相性がよくないものですから」

「ふーん、紺之助には寝小便以外にも、弱みがあったのか」

「ちょっと丈右衛門の旦那」

あわてて身を寄せてきた。

「それはいわない約束だったんじゃありませんか」

「すまん。そうだったな。失念していた」

「ほんと、丈右衛門の旦那、頼みますよ」

耳にした者がいないか、紺之助は子分たちをしきりにうかがっている。子分たちは素知らぬ顔をしているが、先ほどの言葉は全員に届いただろう。

だからといって、紺之助を軽んじる者などいない。紺之助がいてこその一家であると、誰もが心得ている。

丈右衛門はおきちのそばに寄り、しゃがみこんだ。

「調子がいいな」

「ええ、おかげさまで」

丈右衛門の耳に口を近づけ、ささやく。

「ここの人たち、ほんと弱いんですよ。遊びでやっているうちの町内の人たちのがよっぽど強いですからね」

「儲かっていいではないか」

「ほんと、ありがたいですよ」

丈右衛門は、なにか思いだしたことはないか、きいた。

さいころを持つ手をとめ、おきちはしばらく考えていた。

「すみません、なにもありません」

そうか、わかったといって、丈右衛門は立ちあがった。

とにかくおきちの身になにごともなかったことに安堵して、紺之助の家を出た。

珠子を連れて、おきちに関する探索を開始した。いったい誰がおきちを狙ってきたのか。

ときをかけておきちを知る者に話をきき続けたが、なにもつかめない。

おきちはやはり、見てはならぬものを見てしまったのではないか。いったいなにを見たのか。

おきちに話をきいても、今まで以上のことは話さないだろう。心当たりは本当にないのだ。

いや、待て。

もう一度だけきいてみよう。なにか思いだしたことがあるかもしれないではないか。昨日、文之介が、何者かの目のことを口にしていた。そのこともあり、丈右衛門は紺之助の家に再び足を運んだ。

路地に入る。突き当たりに紺之助一家の家が大きな影となって見えている。門の手前に三人の子分が立っている。

丈右衛門は、ときおり草を食《は》みたがる珠子を引っぱって前に進んだ。

不意に珠子が立ちどまり、背後を見た。同時に、丈右衛門は粘り着くような眼差しを覚えた。

これが文之介のいっていたものだろう。

珠子が歯をむきだしにして、うなっている。おとなしい犬なのに、信じられない変わりようだ。

丈右衛門は、珠子の吠《ほ》えているほうに向かって駆けた。

大道に飛び出た。行きかう人は大勢おり、急に出てきた丈右衛門にびっくりした目を向けてくる者が何人もいたが、冷ややかな眼差しを浴びせてくる者など、どこにもいなかった。

珠子もうなるのをやめている。

大道の向かい側に、狭い路地が口をあけていた。気になって、丈右衛門は歩を進めてみた。

ここも両側を商家の塀に囲まれている。誰もいない。遠くから、子供の喚声《かんせい》が響いてきた。

しかし、丈右衛門の鼻は、かすかに煙草臭さが残っているのをとらえている。

地面を見る。灰が落ちていた。

ここから見ていたのか。

路地の入口に天水桶が置かれている。それを盾にすれば、確かに紺之助の家はよく見える。距離はほんの半町ほどしかない。

おきちばあさんをやはり見張っているのか。

容易ならぬ相手という気がする。

丈右衛門は珠子とともに、紺之助の家に近づいていった。

おきちは飽きもせずにさいころ博打に興じていた。銭の山は、すでに朝方の五倍ほどの大きさになっていた。

子分が弱すぎるとはいっていたが、勘のよさがやはり人並みでないのではないか。

若い用心棒がにこにこして丈右衛門を見ている。無口だが、ずいぶんと笑顔がさわやかな男だ。心映えが面に出ている気がする。

この浪人は信用できる。丈右衛門は確信を抱いた。この浪人が用心棒をつとめてくれるのなら、安心だ。

一応、眼差しのことを話した。

「かたじけない。誰かが見ているのは、それがしも気になっており申した」

さすがに気づいていたのだ。

「大道の向かいに置かれた天水桶の陰あたりにいるのはわかったのでござるが、姿を確かめることはできなんだ。向こうもなかなかやるものにござる」

口調に余裕がある。泰然《たいぜん》と構えていた。

これなら大丈夫だ。

丈右衛門は再び思った。

おきちに、なにか思いだしたことはないか、たずねた。おきちはさいころから目を離し、必死に考えはじめた。やがてすまなそうな顔をあげた。

そうか、と丈右衛門はいった。おきちの骨張った肩に手を置いて、気にするな、というようにうなずいてみせた。

紺之助におきちのことをくれぐれも頼んでから、珠子を連れて外に出た。

さて、どこへ行くか。

おきちを知る者に話をきくしかない。だが、もうこれ以上、話をきいたところで、なにも得られないのではないか。きき尽くした感があった。

手がないな。

丈右衛門は顔をしかめた。

しっかりしろ、御牧丈右衛門。

自らを叱咤《しった》する。

だが、なにも出てこない。

わしも衰えたな。

いい考えがまったく浮かばないなど、これまでなかった。

くそっ。

地面を蹴りあげたくなる。

実際にそんな真似はしなかったが、珠子がびくっとした。その拍子に首から縄が外れてしまった。

あっ。

珠子が走りだす。路地に駆けこんでゆく。丈右衛門は追いかけたが、路地に走りこんだときには、珠子の姿はどこにもなかった。

なんてことだ。

丈右衛門は愕然《がくぜん》とするしかなかった。

呼吸を繰り返し、落ち着きを取り戻そうとした。

猫の湯之吉も探しだせたのだ。珠子だって見つけられぬことはあるまい。

気を取り直して、丈右衛門は路地を歩きだした。

あたりを必死に探しまわった。犬の習い性などろくに知らない。

見つからぬままに、夕暮れを迎えてしまった。


うーむ、まずい。

丈右衛門は吐息とともに夜空を見あげた。

昼間、覆い尽くしていた雲は夜の到来と同時に北へと去った。今はおびただしい光の砂が江戸の町をほんのりと照らしている。月はないが、星明かりで十分に道の先を見通すことができた。

正直に、逃げられたことを告げるしかあるまいな。

だが、どんなに悲しむだろう。自分に預けたばっかりに、珠子を失ってしまった。

丈右衛門はおあいの家に向かった。だが、外に呼びだす方策が見つからない。犬の件は決して口にできないのだ。

方向を転じ、丈右衛門は元吉の家に足を向けた。

この家は猫を探しだしたこともあり、なんの遠慮もいらない。

元吉に頼みこみ、一緒におあいの家に行ってもらう。元吉におあいを呼びだしてもらった。同じ手習所に通っていることもあり、二親も不審には思わなかった。むしろ元吉ちゃん、あがって話をすればいいよ、といってくれた。

元吉は外のほうが話しやすいから、といっておあいを外に連れだした。近くの人けのない路地に引っぱってゆく。

「なに、どうしたの」

「丈右衛門さんだよ」

元吉が小声でいう。

「丈右衛門さんがどうしたの」

二人が路地に姿を消す。少し距離を置いてついていった丈右衛門は路地の土を踏むや、おあいに声をかけた。

「丈右衛門さん、どうしたの」

丈右衛門は顚末《てんまつ》を正直に話した。

「えっ、珠子が逃げだした」

おあいが形のよい眉を曇らせる。丈右衛門を怒ったりはしなかった。

「来てください」

おあいが、丈右衛門の手を引っぱって走りだす。

「どこに行くんだよ」

元吉があわてて追ってくる。

やってきたのは、がらんとした家だ。

「ここは」

丈右衛門は見まわした。

「例の空き家か」

「ええ、そうよ」

答えておあいが、珠子と呼んだ。

犬の鳴き声がした。

――いた。

丈右衛門はほっとした。もしかすると、という思いはあった。だが、ほとんど期待しないようにしていた。

毛むくじゃらのかたまりが弾むようにおあいに近づいてゆく。飛びかかった。

おあいがしっかりと抱きあげる。

「よし、よし。一人で寂しかったでしょ」

おあいが珠子をやさしくなでる。

「丈右衛門さん」

「なにかな」

「なにかな、じゃありません。こんなことではお金は払えないわよ」

「すまぬ」

まさかこの歳になって、まだ十にもならない娘に叱られようとは、夢にも思わなかった。

特に文之介には、こんな姿、見せられぬな。

おや。

丈右衛門の視野に、なにか白っぽくて細長いものが入ってきた。床板が抜けて、すっぽりと見えている地面の上だ。

現役の頃、何度も目にしたものにしか思えなかった。

土のなかから、珠子が掘りだしたものにちがいなかった。

丈右衛門はしゃがみこみ、手を伸ばしてそれをつかんだ。

手のうちのものを見つめる。

獣の骨ということも考えられるが、丈右衛門の勘は、人骨だと告げている。

「丈右衛門さん、それなあに」

「元吉」

「なに」

「自身番に走ってくれ」

「えっ」

丈右衛門は同じ言葉を繰り返した。

「町役人を呼んできてくれ」

すぐに付け加えた。

「土を掘る道具を忘れぬように、とも伝えてくれ」

十近い提灯に照らされ、若者が汗を流して床下を慎重に掘っている。

顔見知りの町役人にきいたが、ここは宮助という男が持っている家とのことだ。五年ほど前に購入したらしい。

古い家なので取り壊し、長屋にするということだったが、どうしてかここは手つかずだった。

その謎《なぞ》も今日、解けた。死骸が埋まっているから、家を取り壊しようがなかったのである。

ということは、死骸を床下に埋めたのは、宮助にちがいない。

「宮助というと」

丈右衛門は町役人に水を向けた。

「ええ、ついこないだ殺されたばかりなんですよ」

やはりそうか。いま文之介が取りかかっている一件だろう。

床下からは、ちょうど大人一体分の骨が出てきた。骨の太さからして、明らかに男だろう。着物や煙管、根付《ねつけ》なども一緒に掘りだされた。

この男は、いったい誰なのか。

丈右衛門はかたく腕組みして考えた。

どうして、宮助に埋められなければならなかったのか。

二

波紋がゆっくりと広がってゆく。

別のところからやってきた小さな波にぶつかり、あっけなく輪が崩れた。

文之介は、欄干越しに小石を投げこんだ。また波紋ができた。今度はきれいに広がりきって岸に当たった。

橋を渡る者たちが、こんなところでなにを怠けているんだろう、という顔を押し隠しつつ、文之介の背後を足早にすぎる。

くそう、やつはいったいどこに消えちまったのか。

指を詰めさせられたことから、欣二郎が医者にかかったのではないか、と踏んで、文之介たちは本所界隈の医者を虱潰しにした。

だが、欣二郎らしい男を診《み》た医者には、ぶつからなかった。

これはどういうことか。

やつは自分で手当をしたのか。

それとも、素人に頼んだのか。

医者など、ほとんどが素人みたいなものだ。看板さえ掲げれば、その日から医者で通る。だから、医者より手当がうまい素人などいくらでもいる。

そういう者に手当を受けたなら、傷から欣二郎の居どころを手繰《たぐ》るのは無理だ。

別の方角から、欣二郎を探す手立てを講じなければならない。

どうすればいいか。

いい考えは浮かんでこない。

こういうとき、父上はどうしたのだろう。すばらしい思いつきを得るための、方策を持っていたのだろうか。

持っていたとしても、文之介は意地でもきく気はなかった。

こういうのは、自分でやり方を見つけるしかないのだ。それ以外、おのれのものにする方法はない。これは断言できる。

ここは地道に調べるしかないな。

文之介は腹を決めた。

殺された宮助につきまとっていたくらいだから、生きてはいるのだろう。

意外に近いところにいるのではないか。そんな気がする。

「旦那」

うしろから勇七が呼びかけてきた。

「考えはまとまりましたかい」

文之介は振り向いた。苦笑する。

「まとまったといえば、まとまった」

「そいつはよかったですねえ」

「それがよくねえんだ。自分の脳味噌の働きの悪さを思い知らされたみてえなもんだ」

「どんなことを考えたんですかい」

文之介は口にした。

「地道に調べる、ですかい。あっしはそれが一番じゃないかって思いますよ。地道にまさる道はなし、と昔からいうじゃありませんか」

文之介は怪訝な顔をつくった。

「そんなことわざ、あったか」

勇七が首をひねり、舌をだした。

「ありませんかね。でも、昔の人がいいそうじゃありませんか」

「そういわれればそうだな。地道に歩む馬に乗り、なんてなにかの書物にあったな」

「ほう、さいですかい」

「それがなんて書物かは、とうに忘れちまったけどな。浮世本《うきよぼん》だったかもしれねえ。遅くも速くもない馬に乗っていくのが、最も堅実でいい旅ができる、とかそんな意味だったような気がするな。俺は適当に読み散らしているから、ちがうかもしれねえけど」

「きっと合ってますよ」

「勇七はいつもそういってくれるな。うれしいよ」

勇七がにっとする。

「あっしは常に旦那の力になりたいと思っていますから」

「ありがとよ」

文之介は礼をいい、一つ息をついた。

「勇七、欣二郎の野郎、どこにもぐりこんでいるのかな」

「博打好きなんですよね」

「だったら、渡り奉公が多い武家屋敷の中間部屋にでもいるかもしれませんよ」

「そうだ」

「ああ、そうか」

文之介は勇七の胸を拳で叩いた。厚みのある肉がはね返してきた。

「さすが勇七だ。頼りになるぜ」

「役に立ちそうですかい」

「当たりめえだ。勇七、さっそく口入屋を当たるぞ。虱潰しだ」

「合点だ」

文之介と勇七は欣二郎の人相書を手に、本所、深川の口入屋を次々に訪れた。

だが、なかなか手応えはなかった。さすがに文之介は疲れてきた。

ちきしょう、見つからねえな。

口にだすと、勇七が気にするだろうと思い、文之介は心のなかでいった。

「勇七、一休みするか」

「旦那、疲れましたか」

「ちっとな」

「わかりました。でしたら、休みましょう」

近くに自身番があった。

「ちょうどいいや。あそこで茶でもいただこうぜ」

文之介たちは自身番に詰めている町役人たちと、世間話をした。

二杯の茶を飲み干す頃には、元気が出てきていた。

「ありがとよ。うまいお茶だったぜ」

気力と体力がよみがえった文之介は、勢いよく自身番を飛びだした。勇七がうしろに続く。

「よし、勇七、欣二郎の行方を調べるぞ」

「ええ、やりやしょう」

勇七が、自らに気合をこめるような声をだす。

それから、文之介たちは口入屋をめぐり、人相書を見せてまわったが、欣二郎のことをどこかに紹介したという店を見つけることはできなかった。

結局、夜が近くなり、文之介は今日は切りあげることに決めた。

「勇七、明日はもっとがんばろう」

「ええ、そうしやしょう」

文之介たちは町奉行所に戻った。

大門のところで、妻の弥生の待つ家に帰る勇七とわかれ、文之介は大門脇にある入口を入り、同心詰所に向かった。

今日のことを日誌にしたためる。

くそ、なにも収穫がなかったことを記すのは、おもしろくねえな。ちっとも筆が進みやしねえ。

ぶつぶついいながらも、なんとか書き終えて、墨が乾くのを待って日誌を閉じた。

「文之介、ずいぶんと苦労をしてたじゃねえか」

先輩の鹿戸《しかと》吾市《ごいち》にいわれた。

「ええ、まあ。日誌を書くのはどうも苦手ですね」

「うん、おめえは筆が立たねえからな」

それについては、文之介は逆らう気はなかった。

「文之介という名は、文がうまくなるようにって願いをこめて、御牧さんがつけたんじゃねえのか。親不孝な野郎だ」

名の由来はきいたことがないが、そうなのかもしれねえな、と文之介は思った。

「実をいうと、俺もだ」

吾市が不意にいった。

「鹿戸さんも文章は駄目なんですか」

「ああ。大きな声じゃいえねえが、毎日毎日、日誌と向き合うことに、苦痛すら感じているんだ」

吾市が自分の肩をぽんぽんと叩く。

「まったくこちこちに凝っちまってるぜ」

「もみましょうか」

「いいよ。おめえなんかにしてもらっても、落ち着かねえ。首を絞められるんじゃねえかって、ひやひやしちまう。文之介、そんなことより、早く帰って体を休めな」

「はい、そうします」

「俺も帰るぜ。じゃあな」

吾市が詰所を出てゆく。ふと顔だけをのぞかせた。

「文之介、今回の事件が解決したら、飲みに行くか」

文之介はにこっとした。

「いいですねえ。鹿戸さんのおごりですか」

吾市が渋い顔をする。

「ああ、いいよ。だが、おごるのは一度こっきりだからな」

「ありがとうございます」

「じゃあな」

吾市の顔がひょいと消えた。

鹿戸さんも変わったなあ。相変わらず口は悪いけど、なにかすごくいい感じになってるじゃねえか。

「おい、文之介」

出ていったはずの吾市がいきなり顔を突きだしてきたから、文之介はびっくりした。

「残念ながら、帰れねえぞ」

「なんです」

吾市がごくりと息をのみこんだ。

「死骸が見つかったらしい」

文之介は吾市と連れ立って、深川富久町に向かった。

「鹿戸さん、いいんですか。縄張外なのに、一緒に来てくださるなんて」

「おめえ、俺に来られるのがいやか」

「とんでもない」

「ちょっと見てえだけだ。長いこと床下の土に埋まっていた死骸というのは、ほとんど見たことねえんでな」

町奉行所から四半刻ほどで着いた。

目当ての家に、おびただしい明かりが煌々《こうこう》と灯されていたから、すぐに場所は知れた。

広さはあるが、古い家で、よくこれまで火事に遭うことなく残ったものと思わせるものがあった。

町役人に案内されて、文之介たちは足を踏み入れた。鼻をつくかび臭さに加え、腐りかけた木のにおいがまじっている。

「あれ、父上」

奥の部屋に丈右衛門の姿があったから、文之介は驚いた。吾市も目をみはっている。

「おう、来たか」

「父上、どうしてここに」

「どうしてもなにも、わしが見つけたんだ」

「さようでしたか」

これは吾市がいった。

「吾市も来たのか。熱心ではないか」

「ええ、最近、仕事がとてもおもしろく感じられてきましたから」

「それはいいな。吾市、おまえ、これから伸びるぞ」

「御牧さんにそういってもらえると、うれしいですよ」

「父上、死骸はどちらです」

「ああ、そっちだ」

丈右衛門が隣の間を指さす。文之介と吾市は足を踏み入れた。

床下に穴が空き、そこから掘りだされた骨や着物、根付、財布らしい物が板の上に置かれている。

もっとにおうものかと思ったが、ほとんど臭気はなかった。鼻先を漂っているのは、湿った土のにおいだけだ。

「この骨の太さからして、埋められていたのは男だな」

集められた骨の前にしゃがみこんで、吾市がいう。このあたりの物腰には、場数を踏んでいるのがよくあらわれている。

「これで埋められてから、どのくらいたっているんだろう」

文之介は独り言をつぶやくようにいった。口元をゆがめて、吾市がかぶりを振る。

「さっきもいったが、床下に長く埋まっていた死骸というのは、ほとんど見たことがねえんだ。紹徳先生が見えたらきっと教えてくれるだろうぜ」

文之介、と背後から丈右衛門が呼びかけてきた。

文之介は立ちあがり、丈右衛門と相対した。ほぼ同じ高さに目があるが、文之介のほうが若干高い。いつの間に父の背丈を越したのか。かなり前のことのはずだが、これまで気づかなかった。

丈右衛門が一瞬、まぶしげな目をした。すぐに表情を平静なものに戻す。

「文之介、この家は殺された宮助のものとのことだ」

文之介は目を見ひらいた。

「まことですか」

「うむ、町役人が申しているから、まちがいあるまい」

そうか、ここも宮助の地所だったのか。

となると、この死骸を埋めたのは、宮助と考えていいのか。

誰を埋めたのか。

考えられるのは一人だ。五年前に失踪した魚屋甲田屋のあるじ鹿吉ではないか。

文之介は、そばにぽつねんと立っている町役人の一人に歩み寄った。甲田屋の場所を教え、使者を走らせてくれるように依頼した。

「お安いご用です」

町役人が明るい声で請け合う。

「その甲田屋さんから、人を呼んでくればよろしいのですね」

町役人は手招いた若者に事情を語ってきかせた。若者は背中をはたかれたような勢いで、家を飛びだしていった。

「文之介、この仏に心当たりがあるんだな」

若者を目で追っていた吾市が、興味津々《しんしん》の顔できいてきた。

文之介はうなずき、説明した。丈右衛門がそういうことか、とばかりに小さく顎を上下させている。

「宮助とつるんでいた魚屋か」

吾市が顎をなでさすっていう。

「なんらかのいざこざがあって、その魚屋は殺され、ここに埋められちまったということか。文之介、どんないざこざ、諍いがあったか、見当はついているのか」

「今のところは、金絡みか、くらいしかわかっておりませぬ」

「まあ、そんなものだろうな。まだこの仏がその魚屋というのも、はっきりしていねえし。これからの調べで、そのあたりのことは追々わかってくるだろうぜ」

丈右衛門が同意を示すように、軽いうなずきを見せた。

外のほうであわただしい物音がした。

吾市がそちらに目を向けた。

「来たようだな」

その声に合わせるように、やや歳のいった女とすらりとした長身の若者が姿を見せた。

鹿吉の女房おけいとせがれの鹿太郎だ。

「八丁堀の旦那」

鹿太郎が文之介に気づき、近づいてきた。

「おとっつぁんのものらしい骨が見つかったときいたんですけど」

「うん、その通りだ」

すでにおけいの瞳は、床に置かれた骨をとらえている。

おけいの目を追った鹿太郎の表情がゆがむ。おとっつぁん、と唇が動いた。

「遺品らしい物も一緒に出てきている。見てくれるか」

文之介は、土や汚れを取り払われ、骨とは別のところに置かれた物を二人に指し示した。それらは部屋の隅にあった。

おけいと鹿太郎の二人がおそるおそる寄ってゆく。そばには行灯が一つともされ、にじんだような明かりを放っている。

あるのは根付と財布らしいものだ。財布に中身は入っていない。行きがけの駄賃とばかりに、宮助が奪ったのかもしれない。

根付は、腹這いになった馬の上で鹿が逆立ちしている図だ。馬鹿、ということだろう。

「これは――」

根付を手のひらにのせて、おけいが呆然とつぶやく。鹿太郎は横で、目をかっとひらいて見つめている。

「まちがいありません」

おけいが、喉の奥からしぼりだすようにいった。

「紛れもなく亭主の持ち物でございます」

瞳が陽炎《かげろう》のように、ゆらゆらと揺れ動いた。

「着物の柄も、五年前にいなくなったときに着ていたものと同じです」

これは鹿太郎が口にした。涙をこらえているようで、語尾が震えた。

「では、遺骸は甲田屋主人鹿吉でまちがいないのだな」

文之介は、あえて感情をまじえない冷静な声でただした。

「はい、まちがいございません」

おけいがこうべを垂れて答えた。鹿太郎も深く顎を引いた。

二人とも気丈に振る舞っていたが、それを最後に、悲しみの大波が心に覆《おお》いかぶさってきたようだ。

まずおけいがわっと泣きだした。鹿太郎も耐えきれなくなってぽろぽろと涙を落とす。

おっかさん。鹿太郎。二人は自然に抱き合い、顔を寄せ合った。

その光景を目の当たりにして、文之介も目尻のあたりが潤んだ。目を閉じ、涙の堤にした。

だが、二人の声は耳に突き刺さるように響いてきた。

二人のために下手人を捕らえてやりたかったが、十中八九、鹿吉を殺したのは宮助でまちがいない。

宮助殺しの下手人を捕らえたところで、鹿吉の仇《あだ》を討つことにはならない。

そのことが文之介は残念でならなかった。

三

目覚めは悪くなかった。

ただ、さすがに体は重かった。上体を起こすだけでも、少しきつかった。

若い頃とはちがうな。

丈右衛門は首筋を叩き、肩をもんだ。

いや、ほんの二、三年前ともまるっきりちがう。

腰にだるさを感じたので、親指で押してみた。軽い痛みが走る。

張っておるな。灸《きゅう》を据えてもらうか、按摩《あんま》にかからぬといかんな。

だが、今日は駄目だ。おきちを誰がどうして狙っているのか、調べを続行しなければならない。

灸や按摩は、おきちのことを解決したあとだ。

丈右衛門は気合をこめて、立ちあがった。庭側の腰高障子をあけ、廊下に出た。雨戸の節穴や隙間を通り抜けた光の筋が、いくつも床に突き刺さっている。

今日も太陽は元気がよさそうだ。雨も降らないと土埃のひどさに難儀するが、歩きまわるのがわかっているときは、やはり天気がいいほうがありがたい。

腕に力をこめて、雨戸をあける。雨戸はすうと動いてゆく。

ああ、そうだった。新しい家に越したんだった。

八丁堀の屋敷の雨戸は建て付けが悪く、いつも強く引かないと、動かなかった。この家はちがう。

この世になめらかに動く雨戸があることなど、この家に移ってきて初めて知った。なにごとも経験だ。

雨戸をあけきる。陽が家のなかに満ちあふれる。丈右衛門は顎をあげ、胸をひらいて深く呼吸した。

朝のかぐわしい香りが体に満ちる。気分が晴れやかになった。

味噌汁のにおいもしてきている。

腹が減ったな。

丈右衛門はへそのあたりをなでさすった。見事にぺったんこだ。

——おや。

縁側の下で、なにかが動いたのが目に入った。

ああ、そうだった。

珠子が両前足を伸ばし、目を閉じる。いかにも気持ちよさそうな伸びだ。それから胴をぶるぶると振った。しっぽも振り、縁側に前足をかけて、丈右衛門を黒々とした瞳で見つめてくる。

「おはよう、珠子」

珠子はしっぽを振り続けている。期待のこもった目に見えた。

なんだ、なにを待っているんだ。

また味噌汁のにおいが鼻先を漂ってゆく。

朝飯か。

「よし、ちょっと待っておれ」

丈右衛門は台所に向かった。

お勢をおんぶして、お知佳が朝餉の支度に精だしていた。

丈右衛門たちは朝の挨拶をかわした。

「珠子に餌をやりたいんだが」

「はい、もう用意してあります」

小皿に飯が少し盛られ、味噌汁がかかっている。鯵《あじ》の塩焼きの残りらしい骨が添えられていた。

「犬はこのようなものを食べるのか」

これまで犬を飼った経験がないから、丈右衛門は知らなかった。

「はい、どこもだいたいこんなものですよ」

「そうか。持っていってやっていいか」

お知佳がにこっとする。

「なんだ、その顔は」

「えっ、私の顔がどうかしましたか」

「にやついているぞ」

「いつもこんな顔です」

「笑みは絶やさぬおなごだが、にやついてはおらぬ」

お知佳が華やかな笑顔になった。白い歯がのぞく。

「あなたさま、うきうきされています」

「そうかな。そんなことはあるまい。わしは犬は好きではない」

「珠子はお好きなんですよ」

お知佳が軽くにらむ。

「なんだ、今度はどうしてそんな顔をする」

「別のおなごに心を移したから、私、焼き餅《もち》を焼いているんです」

丈右衛門は微笑し、お知佳の頰を指先で突《つつ》いた。柔らかな感触が伝わる。

「朝餉はもうできるのか。腹が空いた」

「ええ、もうできました。さあ、珠子にあげていらっしゃいませ」

丈右衛門は餌の盛られた小皿を手に、珠子のもとに向かった。

餌のにおいを嗅いで、珠子ははしゃいでいる。首につないだ縄が取れてしまうのではないか、と思えるほどだ。

「今やるから、落ち着け」

丈右衛門は小皿を地面に置いた。熱くないか、確かめる。ほんのりとあたたかく、ちょうどよい感じになっていた。

「お座り」

ちょこんと珠子が座る。

「おっ、できるのか」

これはきっと、おあいが教えこんだのだろう。

「待て」

珠子は餌を見つめたまま、じっと動こうとしない。健気《けなげ》だ。

口からだらだらよだれが出てきた。

「そんなに食べたかったのか。――よし、食べろ」

珠子はがっついた。すごい勢いで、舌を使って飯を口に入れてゆく。

「珠子、誰も取らぬから、もっとゆっくりと食べろ」

だが、なにもきこえない顔で珠子は食べ続けている。

魚の骨はばりばりと派手な音を立てて、歯で割った。

あっという間に平らげてしまった。

「おまえ、食いしんぼなんだな」

食べることが大好きな丈右衛門は、珠子に親しみを抱いた。

朝餉を食したあと、珠子を連れて再びおきちの調べを開始した。あまりいい思いつき
はなかったが、おきちが諍いを起こした者たちを調べようという気になっている。

昨夜、空き家から出た鹿吉の遺骸のことは気にかかっているが、あれは自分が手をだ
していい件ではない。

文之介にまかせるのが一番だ。

今はおきちのことをとことん調べる。これこそがおのれのすべきことだろう。

豆腐が腐っていたといって、おきちに水を浴びせられたやくざ者は、近所の裏店に一
人で住んでいた。

やくざ者といっても、すでに足は洗ったようだ。いろいろとあって、あっしには向い
てないのがわかったものですから、と伊之吉《いのきち》と名乗った男はしみじみと口にした。

「今はなにをしているんだ」

「なにもしていません」

「暮らしはどうしているんだ」

「小金がありますから、それでしばらくはしのげます。あっしは、これでも腕のいい壺振りだったんですよ」

「壺振りか。腕がいいなら、引っ張りだこだ。いい稼ぎになっただろう。それなのに、足を洗ったのか」

「先ほども申しましたけど、いろいろとあったもので。そのなかで耐えられなかったのが、どうしてもいかさまをやらざるを得なくなったことですよ」

伊之吉は、表情に苦いものをにじませている。

「いかさまなんてせずとも、あっしは好きな目をだせるっていうのに」

やってみせましょうか、というので、頼む、と丈右衛門はいった。

背後の文机の上に置いてあった壺と二つのさいころを手にした。

「いくつがいいですかい。なんでも好きな数をおっしゃってください。でも、百なんていうのは駄目ですよ」

「なんだ、駄目なのか。いおうと思っていたのに。では、その十分が一の十だ」

「ぞろ目でいいですかい」

「ああ」

半信半疑で丈右衛門は答えた。

鮮やかな手並みで壺にさいころを投げ入れ、音もなく畳に置いた。無造作に壺をあげる。

「あっ」

丈右衛門は瞠目した。五が二つ、目の前に並んでいる。

「すごいな。同じ十でも、四六もできるんだな」

「たやすいですよ」

伊之吉がまた壺を畳に置いた。壺がどけられると、いった通りの目が、丈右衛門の眼前にあらわれた。

「もっとお見せしましょうか」

伊之吉が三つを足して、さいころを五つにした。

「よろしいですかい」

手のひらにのせた五つのさいころを、丈右衛門に見せる。うむ、と丈右衛門は首を縦に振った。

にっと笑った伊之吉が五つのさいころを壺に投げ入れ、再び畳に壺を置いた。丈右衛門は注視した。

伊之吉が静かに壺をあげると、五つのさいころが五重塔のように見事に積み重なっていた。

「なんとまあ」

間の抜けた声が出た。

「すごい技だな」

伊之吉が軽く息をつく。

「いかさまは必要ないって、いった意味がおわかりでしょう」

「まったくだな。これだけの腕を持っているのを知っていて、いかさまを強要する意味がわからぬ」

「万が一を心配するんでさ。大勝負となると、大金が動くものですから」

「万が一などあるのか」

「ありませんよ。それがわからないけつの穴の小さい親分だから、あっしは飛びだしたんですよ」

こいつはちがうな、と丈右衛門は判断した。豆腐のことをうらみに思って、おきちを殺そうと考えるような男ではない。おきちのことなど、とうに頭にないのではないか。

一応、丈右衛門はおきちのことをきいてみた。

伊之吉が頭のうしろを押さえて、苦笑する。細めた目に優しさが宿る。

「ああ、そんなこともありましたねえ」

「どうして腐っているだなんて、難癖《なんくせ》をつけたんだ」

「難癖をつけたわけじゃありませんよ。あれは本当に妙な味がしたんです。いつもと明らかに味がちがいましたね。大豆がおかしかったんじゃないですかね」

そういえば、おきちが質の悪い大豆を納入した仕入れ先を怒ったという話を、隣家のおさいがいっていた。

なにかの手ちがいでつくられてしまった豆腐が、伊之吉に売られたということか。

「妙な味がしたといっても、正直、わずかなちがいでしかないんですよ。もし半田屋の豆腐を初めて食べる人だったら、うまい豆腐ということになるんでしょうけど、あっしはもう食べ慣れていますからね」

ということは、と丈右衛門は気づいた。伊之吉に文句をいわれ、質の悪い大豆が入れられたことにおきちが感づいたのではないか。それで、大豆の仕入れ先に文句をつけた。

納得した丈右衛門は伊之吉に礼をいって、長屋をあとにした。

半田屋に大豆を入れている商店に足を運んだ。ここは今も真っ当な商売を続けており、おきちに叱られた奉公人もちゃんと働いていた。

質の悪い大豆を入れたことの詫《わ》びは半田屋にしており、すでに始末はついているという。なんのわだかまりもなく、半田屋に大豆を入れさせてもらっているとのことだ。

むろん、おきちのことをうらんでなどいなかった。

「むしろ、おきちさんのすごさを知らされた気がしますね。手前どもでも、あの大豆がこれまでのより質が落ちていたことは、見抜けなかったですから」

主人はほとほと感心したようにいった。

ここで、伊之吉のことを口にしても仕方ない。おきちに花を持たせておくに、しくはなかった。

次は猫をいたぶっていて、おきちに殴られた武家奉公の中間を探しはじめた。

猫のことなら、やはり隣家のおさいだろう、ということで、丈右衛門は足を向けた。

おさいは、どこの猫がいじめられていたか、やはり知っていた。飼い猫ではなく、野良猫だった。

「おさいさん、おきちさんが猫をいたぶっていた中間を殴《なぐ》りつけた話はどこできいたんだ」

「あたしがじかに見たんです」

おさいがあっさりという。

「腹に据えかねて、あたしが殴りつけてやろうと思ったら、おきちさんに先を越されたんですよ」

ほう、と感嘆の声が丈右衛門の口から漏れた。

「それなら、その中間の顔を覚えているか」

さすがにおさいが考えこむ。

「自信はないですけど、顎のところに傷跡がありました。あと、どっちの手か忘れちまいましたけど、晒しを巻いていましたね」

むっ。

丈右衛門は眉根を寄せて考えこんだ。

これは、いま文之介が追いかけている欣二郎という男ではないか。人相書も見せてもらった。

「小男だったか」

「ああ、はい、背は小さかったですね。そうそう、小ずるい顔をしていましたよ」

どうやらまちがいないようだ。

さて、どうするか。このことを文之介に知らせるか。

だが、このことを知らされても、文之介は困惑するだけだろう。欣二郎の居どころにつながる手がかり、というわけではないのだから。

「中間というのは、まちがいないか」

「ええ、まちがいありません。どこかのお屋敷に奉公しているはずですよ」

このあたりには、大名家や大身《たいしん》の旗本の下屋敷が多い。

「家紋が見えればよかったんでしょうけど、夕方のことで、駄目だったんですよ」

「いいよ。気にするな」

「——ああ、そうだ。あいつ、酒臭かったんですよ」

「酔っていたのか」

「ええ。酔って、なにかぎゃあぎゃあ叫んでいました。鬱憤《うっぷん》晴らしに、この子の仲間をいじめたにちがいないんですよ」

おさいが、膝にのせた飼い猫の背中をなでさすっている。

酒を飲んでいたということは、と丈右衛門は思った。屋敷を抜けだしたのだろう。

許しのない他出はかたく禁じられているが、大名家の屋敷内はゆるい。ゆるすぎるくらいだ。屋敷を抜けだすのは造作もなかろう。

文之介によると、欣二郎はいかさまをしくじり、指を詰めさせられたという。その鬱憤がたまっていたのか。

欣二郎は、この界隈で飲んでいたのだろうか。そうかもしれない。

だが、飲み屋の類はいくらでもある。それを一軒ずつ当たる気には、さすがにならなかった。

まだあいていない店も多いだろう。

となると、当たるべきところは一つしかなかろう。

口入屋だ。

## 四

　渡り中間が多い武家屋敷は、常に仕事があるわけではない。行列を組んで登城するとき、帰ってくるときくらいだ。ほかはだいたい暇だ。

半季奉公、一季奉公と区切りがあるから、その間は暇をだされることはない。毎日が退屈なので、中間部屋ではしばしば博打が行われている。常に、といっていいくらいだ。

　中間を武家屋敷に送りこむのは、口入屋と相場が決まっている。

　文之介は、欣二郎が武家屋敷に転がりこんでいるのではないか、という勇七の言葉にしたがい、昨日から口入屋を当たりはじめていた。

　深川万年町二丁目にある口入屋の一寅屋《いちとらや》という店の暖簾を文之介たちはくぐろうとした。

　そのとき、なかから出てきた男がいた。それが丈右衛門だったから、文之介はのけぞるほど驚いた。

「父上」

「おう、文之介」

　丈右衛門が快活に右手をあげた。

「よく会うな」

「ええ、まったく」

文之介は体をどけ、丈右衛門が外に出るのを待った。

「ここには」

文之介はただした。

「そんな怖い顔をするな」

丈右衛門がどうして一寅屋にやってきたか、話をした。

「そういうことですか」

先を越されちまった。

正直、悔しかった。

「欣二郎の行方はわかったのですか」

「ああ。今そいつをおまえに知らせようと思っていた」

「さようでしたか」

「あまりうれしそうじゃないな」

丈右衛門が文之介の肩を叩く。

「ちと出すぎた真似をしたようだな。文之介、この通りだ」

丈右衛門が頭を下げる。

「いえ、謝られるようなことでは」

文之介はあわてて父親の顔をあげさせた。

「それで、欣二郎はどこにいるんですか」

「この店のあるじによると、五日ばかり前に世話したばかりだそうだ。晒しのことは気になったが、働きに支障が出るようなことはないだろうと判断したらしい」

欣二郎を、ここから六町ばかり北にある立花《たちばな》家の上屋敷に世話したそうだ。

立花家といっても、戦国の頃活躍した有名な武将の立花宗茂《むねしげ》の家ではない。その弟の立花直次《なおつぐ》の家系である。

五千石の旗本だった直次の嫡男種次《たねつぐ》が五千石を加増されたことで、大名の仲間入りを果たした。領地は九州筑後《ちくご》の三池《みいけ》にあったが、文化二年（一八〇五）に、当時の当主で若年寄《わかどしより》だった種周《たねちか》が幕府内の政争に敗れて罪を着せられ、隠居となった。子の種善《たねよし》のときに三池から陸奥下手渡《むつしもてど》に領地替えになった。

だから、深川のような辺鄙《へんぴ》といっていい町に、上屋敷があるのである。以前は、大名屋敷が数多く立ち並ぶ外桜田《そとさくらだ》に、屋敷が建っていたはずだ。

「欣二郎を呼びだすなら、ここのあるじに一緒に行ってもらったほうがいいでしょう」

そうだな、と丈右衛門が同意する。

「しかし、わしはここまでだ。おまえの邪魔はしたくないし、おきちばあさんのほうの探索もしなきゃならぬ」

「進んでいるのですか」

丈右衛門がわずかに眉を寄せる。

「少しはな」

ではこれでな、と丈右衛門が去ってゆく。勇七がていねいに辞儀をする。

暖簾を払った文之介はあるじにわけを話し、立花屋敷に同道してもらうことにした。

さすがに口入屋のあるじだけあって、立花家の者と懇意にしていた。拍子抜けするほどあっさりと欣二郎が文之介たちの前に姿をあらわした。

文之介と勇七は、逃げられないように、どん詰まりの狭い路地に欣二郎を連れこんだ。

欣二郎はおびえた顔をしている。

「手荒な真似はしねえから、安心しな」

「は、はい」

人相書と同じ顔をした男が目の前にいるのが、文之介にはどうしてか不思議だった。

確かに顎に傷跡がある。さほど目立つものではない。長屋の女房の覚えは、すばらしく確かだった。

左手には晒しが巻かれたままだ。

「ききたいことがある」

静かな口調で告げる。どすをきかせることを忘れない。

欣二郎のおびえた表情に変わりはない。

「宮助が殺されたのを知っているな」

「いいえ、はい」

「どっちなんだ」

欣二郎がうつむく。

「はい、知っています」

「おまえ、宮助につきまとっていたな。金をせびっていたときいたぞ」

「はい、もらえるに越したことはないものですから」

「強請《ゆす》っていたのか」

「滅相もない」

「だったら、どうして金をせびった」

「宮助さんが金持ちだからですよ。金持ちはあっしのような貧乏人に恵まなきゃいけないんですよ」

ふむ、勝手ないい草だな。

「もらえたのか」

唾を吐きたそうな顔で、欣二郎が首をすくめる。

「くれませんよ。宮助さんは、けちですからね」

「それで、腹が煮えて宮助を殺したのか」

えっ、と欣二郎が声を漏らす。

「とんでもない。あっしは殺《や》っていません」

欣二郎が泡を飛ばすようにいった。

「宮助さんを殺したいって思ったことがないわけじゃないんです。重い怪我を負ったあっしに同情もしてくれなかったですからねえ。なんて冷たい男だって、ほんと、首を絞めたくなりましたよ。店子には仏さまのように慕われていましたけど、あれは見せかけにすぎませんね。昔とちっとも変わっちゃいなかった」

欣二郎がごくりと唾をのみこむ。

「でも、あっしが殺すわけがないんです。あっしには、人殺しなんてする度胸はありませんから」

確かにこの男に、心の臓を一突きにする技を求めるのは、奇跡でも起こらぬ限りは無理だろう。

こいつは嘘をいってはいない。

文之介は確信した。勇七も同じ感触のようだ。

「小指を失ったんだってな。手当はどうしたんだ」

また欣二郎がうつむく。

「自分でやりました。お足がありませんからねえ」

これでは医者を当たっても、欣二郎の手がかりを得られるはずがなかった。

「膿《う》んでねえか」

「はい、一時は傷口が黄色くなって腫れあがったものですから心配したんですけど、今はなんとかよくなりました」

哀れだった。文之介には、その言葉しかない。この男に人を殺せるような力は、体力、気力ともになかった。

「宮助さんとはよく飲んだんですよ」

欣二郎がぽつりといった。

「だから、あんなに冷たくされるとは夢にも思わなかったんです」

「藤高屋が、おまえが奉公していた料亭遠雅の客の食べ残しを蒲鉾の材料にしていたことは知っていたのか」

「はい、もちろんですよ」

「番所にそのことを告げようという気にはならなかったんだな」

「申しわけないことですけど」

欣二郎が軽く頭を下げる。

「なにしろそんなことをしても、一文の得にもなりませんからねえ」

文之介はぴんときた。

「口止め料が払われていたのか」

「はい、宮助さんから」

「いくらだ」

欣二郎が耳のうしろをかく。

「あまりたいした額じゃありませんでした。年に十両ってとこでしたね」

「悪くねえじゃねえか」

「でもあっしは、こっちが好きでしたから」

さいころを転がす仕草をする。

「そっちに吸い取られたか」

へへ、と欣二郎が笑う。

「面目ねえこって」

「宮助を殺した者に、心当たりはねえか」

欣二郎が口を引き結び、まじめな顔をした。その面はどこか猿のように見えた。

「すみません、あっしにはわかりませんね。なにしろ宮助さんに会ったのは、何年ぶりかだったものですから」

そうか、と文之介はいった。ぱちんと手のひらを打ち合わせる。

欣二郎が目を丸くする。勇七も少しびっくりしたようだ。

「これで終わりだ。戻っていいぞ」

「ああ、さようですかい」

欣二郎が辞儀する。

「では、これで失礼いたしやす」

文之介と勇七のあいだをすり抜けるようにして道に出た。すたすたと立花家の上屋敷のほうに歩き去った。

文之介は、ふう、と息をついた。

「手がかりが切れちまったな」

「ええ。旦那、どうしますかい」

文之介は目を閉じた。脳裏にあらわれたのはお春だった。

ああ、会いたいなあ。この手でぎゅっと抱き締めてえなあ。

だが、今はお春のことを考えている場合ではなかった。心からお春のことを無理に押しだす。

文之介は目をあけた。

「誰か、宮助のことを殺したいと思った者はいねえかな」

「いるのはまちがいないんでしょうけど」

勇七がなにか思いついた顔をする。文之介は期待を抱いて見つめた。

「もし、もしですよ、鹿吉さんが宮助に殺されたことを甲田屋の二人が知っていたとしたらどうですかい」

勇七には、昨夜、宮助の地所から鹿吉らしい死骸が出たことは伝えてある。

「そいつは考えられるな。せがれの鹿太郎は、親父がもうこの世にいないことをしかと信じているような口ぶりだったしな」

「あれは、宮助に鹿吉さんが殺されたことを知っていたから、ではないんですかい」

「うん、かもしれねえな。ただ、ちょっと引っかかるのは、俺たちが来たときにわざわざ親父の死をしかと信じていることを口にするかってことだな」

「旦那にそう考えさせたいがため、なのかもしれませんよ」

なるほど、と文之介はいった。

「とにかく、勇七の勘にしたがって当たってみるとするか。魚屋なら、刃物の扱いにも慣れているだろうし」

文之介は歩きだした。勇七がうしろにすばやくつく。

確かにあの二人が宮助を殺したというのは、考えやすい。一人で殺したのか、それとも母とせがれと二人で力を合わせたのか。

問題は、宮助が殺したことをどうやってあの二人が知ったか、ということだ。

文之介と勇七は、甲田屋のおけいと鹿太郎母子のことを調べてみた。

だが、どうやら二人はじかに宮助に手をくだしていないのが判明した。二人は宮助の殺された日、近所の者たちと一緒に大山《おおやま》参りに行っていたのだ。帰ってきたのは翌日のことである。

これは、おけいたちと一緒に行った近所の者の証言だった。

殺しをもっぱらにする者に依頼したというのも考えられるが、文之介の感触は、二人は宮助殺しに関係していないというものだった。

「さて、どうするか」

文之介は、暮れゆく空を見つめてつぶやいた。

「勇七、ここは一度、大本《おおもと》に戻ったほうがいいな」

「といいますと」

「宮助の身辺を探るってことだ」

「旦那はまだ宮助について、調べが足りなかったと思っているんですかい」

「そうだな。突っこみが足りなかったんじゃねえかって思っている」

勇七が小さくうなずく。文之介は唇を湿して続けた。

「不思議なのは、宮助はどうして藤高屋が潰れるのを承知で、密告したのかということなんだ」

「それはあっしもです」

勇七が同意する。

「藤高屋が潰れては、元も子もありませんからねえ」

「そういうこった」

文之介はもう一度、空を眺めた。数羽の鳥が鳴きかわしながら、のんびりと横切ってゆく。

「もう一つ疑問がある」

「当ててみましょうか」

「また鰻目当てか」

「当てたら、おごってもらえるんですかい」

「ああ、いいよ」

勇七がにこっとする。

「じゃあ、遠慮なく当てますよ。——どうして宮助は鹿吉さんを殺さなければならなかったのか、ということじゃありませんかい」

文之介はふふと笑いをこぼした。

「勇七、鰻はおめえのもんだ」

「やっぱり当たりましたかい」

「おめえは最近、鋭いなあ」

「旦那の考え方がようやくわかってきたみたいなんですよ」

そうか、と文之介はいった。

「宮助が鹿吉を手にかけたのは、本当に金銭のもつれなのか。そのことが一番、気になっているんだ」

# 第四章　駿州の用心棒

## 一

退屈をかこっている。

蒲鉾づくりには飽きた。

紺之助は、まだおきちが満足するような蒲鉾をつくれていない。

食べてみるとなかなかいけるとおもうのだが、おきちは納得しないのだ。蒲鉾づくりはなかなか奥が深い。

ただ、やはり飽きてしまった。味にも飽きた。

おきちはおとなしい。蒲鉾を食べさせてくれ、ともいわない。

子分相手に博打ばかりしている。

それにしても強い。天賦《てんぷ》の才があるのは紛れもない。

でなければ、いくら弱いのがそろっているといっても、あそこまで勝ち続けられるものではない。

今も山のような銭を手元に置いている。

自分が相手になるか、とも思うが、負けるのが怖い。子分たちに示しがつかないのではないか。

先生なら、と紺之助はいつものように壁に背中を預けて、あたたかな笑みを浮かべている用心棒を眺めて思った。

おきちばあさんと、いい勝負になるのではないか。

先生は澄んだ目をして、にこにこしているが、勘は相当よさそうだ。きっと子分たちに博打の指南をしてやりたいと考えているのではないか。

外にいた子分の一人が、腰高障子をあけて座敷に入ってきた。まっすぐ紺之助に近づいてくる。

親分、と呼びかけてきた。

「先生にお客なんですが」

「どちらさまだ」

「はい、なんでも、ご新造からとのことで」

「用件は」

「それはじかに先生に話すということです」

「そうか。じゃあ、さっそく先生に会わせてあげな」

「承知いたしました」

用心棒に寄っていった子分が、耳元にささやきかける。

わかった、といって用心棒が立ちあがる。

「行っていいか」

紺之助はきかれた。

「もちろんでございますよ」

用心棒は子分とともに出ていった。

すぐに戻ってきた。

「妻になにやら急用ができたようだ。長屋に帰っていいか」

「長屋というと、本郷のですね」

「そうだ。まずいか」

「いえ、お気になるでしょうから、是非とも行ってあげてください」

「かたじけない」

用心棒が紺之助を見つめる。深い瞳の色をしていた。

「すぐに戻るゆえ、心配はいらぬ」

「はい、よろしくお願いします」

紺之助は頭を下げた。立ちあがり、門のところに出た。

「先生、お気をつけて」

うむ、とうなずいて用心棒は路地からあっという間に姿を消した。

心配いらぬ、といわれても、紺之助にはさすがに不安がないわけではない。おきちを用心棒抜きで守れるかどうか。

人数だけはそろえてある。この家には三十人ばかりいる。いずれも紺之助に忠誠を誓ってくれている者ばかりだ。

いざとなれば自分のために命を捨ててくれる者がそろってはいるが、だからといって本当に腕の立つ者に襲われたとき、どうなるかわかったものではない。

ばったばったと殺られそうだ。

もう一人、腕利きを雇っておくべきだったな。

後悔したが、今さら遅い。

それに、あれだけの腕利きを二人、そろえるなど、どんなに金を積んだところでまず無理だろう。だいたい一人だけでも信じられないほど幸運だったのだ。

ここは、と紺之助は腹を決めた。何者がおきちばあさんを襲おうとも、必ず守りきってやる。

それしか丈右衛門の旦那の思いに応える道はねえ。

夜になっても、用心棒は戻ってこなかった。

先生の身になにかあったんじゃねえのか。

紺之助には不安がある。

このままお戻りにならなかったら。

背中を焼かれるような思いだ。

いやな予感が紺之助を押し潰すように重く全身を覆っている。

床についたにはついたが、寝つけない。目はさえるばかりだ。

なにか起きるんじゃねえか。

紺之助は我慢できず、上体を起こした。

子分たちのほとんどは隣の間で眠っている。豪快ないびきがいくつも重なって耳に届く。

寝ずの番をしているのは四人だ。

紺之助は長脇差を手に、武家でいえば宿直《とのい》をしている者たちの様子を見に行った。四人は表口、裏口に、それぞれ二人ずつ配置されている。

「ああ、これは親分」

表口の二人がぎょっとしつつ、すぐに誰があらわれたか知り、ほっとした顔を隠さずに頭を下げる。

「すまねえ、驚かせちまったか」

「いえ、そんなことは」

そのとき紺之助の耳は、ぐっと息が詰まったような声をとらえた。同じ声がもう一度きこえた。

「今のは」

紺之助はこうべをめぐらせた。

「裏からきこえましたよ」

「おまえらはここを動くな」

「は、はい」

紺之助は長脇差を抜き放った。鞘《さや》を捨てる。裏の二人の子分の身になにかあったんじゃねえのか、と気が気でない。

「野郎ども、起きろっ」

庭を小走りに駆けつつ、紺之助は家に向かって怒鳴った。

「とっとと起きやがらねえか」

目を覚ました男たちがわけのわからないままに起きだした物音が、夜気をかすかに震わせて伝わってくる。

「用心しろっ。得物《えもの》を手にして、おきちさんを守れ。部屋をできるだけ明るくしろ。おきちさんを守って、決して外に出るんじゃねえぞ」

矢継ぎ早に指示を口にして、紺之助は裏口に来た。

二人が倒れている。

息はあるのか。

ごくりと唾をのみこむ。紺之助は付近に目を走らせつつ、しゃがみこんだ。手を伸ばし、一人の左手首に触れた。

あたたかみのなか、鼓動が感じ取れた。ほっとする。もう一人も生きていた。二人とも当身を食らっただけだ。

安堵の思いに全身が包まれる。

いきなり背後から殺気が襲いかかってきた。完全に油断していた。

振り返る。闇に光る物がゆっくりと落ちてくるのが見えた。匕首だ。

こんなにのろいのなら、よけられる。

だが、体が思い通りに動かない。

なんだ、これは。

まるで鉛の板でも体中に貼りつけられたようだ。

まずい、殺られちまう。

だが、どうして俺には刃物でくるんだ。殺すつもりなのか。

もう駄目だ。よけられねえ。

紺之助は覚悟を決め、目を閉じた。

鉄が激しく鳴る音がした。

それがあまりに顔に近かったから、びっくりして目をあけた。

すぐそばに影があった。それが用心棒に見えた。

「先生」

今のは先生なのか。いや、先生が匕首を使うはずがない。

用心棒は刀を構えている。剣尖《けんせん》の先に、もう一つの影が闇にくすんで立っている。

「親分、肝を冷やしたか」

「それはもう」

「すまなかった。もう少し早く助けに入ってもよかったな」

用心棒が笑いかけてきた。ずいぶんと余裕がある。

「まさか、こいつの狙いが親分だとは思っていなかったからな」

やはり、俺が狙われたんだ。

だが、どうして。

これは愚問だ。稼業柄、命を狙われるのは日常茶飯事だ。

しかし、誰に。

これはわからない。

やはり同業者か。

「親分、そこを動くなよ」

用心棒が声をかけてきた。

「はい」

「こいつ、すばしこそうだから、きっと動きまわるにちがいないんだ。そのときじっとしておいてくれれば、親分を斬《き》らずにすむゆえな」

「承知しました」

用心棒が前に出る。刀を振りおろす。影がよけ、突っこんでいった。

影がほっかむりをしていることに、紺之助は気づいた。

影の突進を用心棒は、はなから予期していたようだ。すばやく引き戻した刀を胴に振るってゆく。

影がぎりぎりでとまった。ぴっと着物をかすする音がした。

用心棒が袈裟《けさ》懸《が》けに刀を振るう。影がうしろにはね跳んだ。用心棒は胴に刀を返していった。それも影はうしろに下がることでかわした。

用心棒の刀がやや流れたところを見透かして、再び突っこんでこようとした。

用心棒が今度は突きを見舞った。用心棒はわざと隙をつくったようだ。

剣尖が胸を貫いたと思ったが、男の影が上から潰されたように低くなった。刀は男のほっかむりを突き刺していった。男からほっかむりが取れた。男は両の膝をくにゃりと曲げていった。

そのままの姿勢で横に跳んだ。そこから用心棒の懐に飛びこもうとしたが、すでに刀が逆胴に振られていた。

男はかがみこんだ。刀が髷を飛ばすような際どさで通りすぎると、ばっと立ちあがり、体をひるがえした。

逃げてゆく。その姿はあっという間に深い闇の海に飲みこまれていった。

「待ちやがれ」

紺之助は叫んだが、その声はむなしく宙に吸いこまれた。

用心棒はしばらく、男が消えていった闇をにらみつけていた。もう戻ってこないと判断したようで、刀を鞘にしまい、紺之助のそばにやってきた。

「捕らえたかったが、うまくいかなかった。思った以上に腕が立った。斬る気でいたら、取り逃がすことはなかったが、しくじったかな」

「いえ、かまいません」

紺之助は顔に浮き出た汗をぬぐった。

「でも先生、いつこちらに戻られたんですかい」

「だいぶ前だ。夕方前かな。この家を張る目のことが気になって、こちらから罠《わな》を張ったんだ。妻の用事というのは本当だった。子が熱をだしてな」

「大丈夫だったんですかい」

「うむ、医者に診てもらった。ただの風邪だった。それですぐに戻り、ずっと隣家の庭にひそんでいた」

「はあ、さようでしたか」

「なかに入るか」

「はい」

さすがだなあ、と紺之助は感じ入った。

先生、息一つ切らしてないぜ。

家の入口に子分たちが集まり、押し合いへし合いしていた。隅に置かれた行灯が淡くその様子を照らしていた。

「おきちさんはどうしている」

紺之助は声を放った。子分たちがいっせいに背後に目をやる。

「あたしなら、ここにいますよ」

子分たちのあいだを抜け出てきた。けろりとしている。
今の男は、このばあさんを狙いに来たわけではなかった。
おきちばあさんを狙った者と、今の男は別なのだろうか。
さっぱりわからねえな。
紺之助は心中で首をひねるしかなかった。

二

むっ。
丈右衛門は路地のなかほどで足をとめた。
紺之助の家の様子がなにやらおかしい。
朝日を浴びて瓦屋根が光を弾いている光景は、平和そのものだが、なにか見た目では
わからないいやな気が覆っているような感じがあった。
丈右衛門は急ぎ足で門の前に来た。見張りの者がいない。
木戸に手をかけた。錠がおりているようで、びくともしない。
どんどんと叩いた。
「おい、誰かいるか」

すぐに木戸の向こうに人の気配が立った。

「御牧の旦那ですかい」

子分の声だ。

「そうだ。なにかあったのか」

「はい。今あけます」

木戸がひらいた。丈右衛門は身を入れた。

「なにがあった。おきちさんは無事か」

「はい、無事です」

敷石を踏んで、紺之助が早足で近づいてきた。

「紺之助、どうした、なにがあった」

紺之助が手短に説明する。

「襲われただと。しかもおきちさんじゃなく、紺之助、おまえが狙われたというのか」

そばに用心棒がやってきた。言葉を添える。

「それがしも、昨夜の刺客は親分を狙っていたと存ずる」

丈右衛門はうなずいた。

「先生のおかげで、あっしは助かりました」

「そうか。凄腕の先生を雇っておいてよかったな」

「はい、やはりなにか予感が働いたってことなんでしょう」

「うむ、紺之助は勘だけはいいからな」

丈右衛門は用心棒に向き直った。

「初めてお会いしたときから、お名をうかがおうと思っていて失念していた。うかがってもよろしいか」

「むろん」

用心棒がさわやかな笑みを浮かべる。

「それがし、里村半九郎《さとむらはんくろう》ともうす」

「里村どのか」

「父の代から浪人の身の上にござる」

「さようか。では、江戸の生まれかな」

「どうやら駿州沼里《すんしゅうぬまざと》のように思われもうす」

この物いいでは、なにか曰くがありそうだな、と丈右衛門は思った。

「ここで立ち話もなんですから」

紺之助にうながされ、丈右衛門たちは家に入った。

襲われたというから、なかは嵐のあとのようなありさまになっているのか、と考えていたが、常と変わらなかった。戦いは外で行われたのだそうだ。

おきちの身にはなにもなかった。襲ってきた者は敏捷な男が一人だったらしいが、おきちには目もくれなかったそうだ。

「あの男は相当、場数を踏んでおりもうすぞ」

半九郎が力説する。

「もし少しでも油断があれば、それがしが殺られていたところにござる」

「里村どのが」

それは容易ならぬ敵だ。

「しかし御牧の旦那、あっしが狙われたというのはどういうことなんでしょう」

これが意味することは、ただ一つのように思えた。

すべては、紺之助を亡き者にするために仕組まれたのではないか。

わしがおきちを預かる。そして、隙を見計らっておきちを狙ってみせる。こちらの反撃に逃げ去る。

もしやあのとき、あの男はわしをわざと殺さなかったのか。

おきちが狙われたと知って、驚いたわしがどうするか。

おそらくこのわしの動きを、紺之助を狙った者は読み切っていたのだ。

わしはおきちを、その者の読み通り、紺之助に預けてしまった。

もし昨夜、紺之助が殺されていたら、おきちが絡んだことで、巻き添えを食って殺されたと誰しも思うだろう。

つまり、わしと紺之助の関係を熟知しての策だ。

もし半九郎がいなければ、紺之助は確実に死んでいただろう。

しかし、わざわざおきちを襲い、このわしに警戒させてしまうことになにか意味があるのか。

なにも策を弄《ろう》することなく、紺之助を殺してしまったほうが手っ取り早くないか。

そうか、と丈右衛門は気づいた。紺之助をおきちに張りつかせておくためだ。わしにおきちのことを頼まれ、しかも狙われているとわかった以上、紺之助の性格からして、おきちのそばを離れることはあり得ない。

紺之助とおきちの二人を一緒に屠ることがこの策の肝《きも》となっていたのだ。

紺之助を殺したら、すぐに下手人とばれるような男が、紺之助を狙っているのだろう。

丈右衛門は紺之助に自らの推測を語ってきかせた。

その上で、命を狙うような者に心当たりはないか、たずねた。

「そのことは、昨夜から今朝にかけてあっしも考えたんですよ」

「うむ、それで」

「あっしには狙われるわけに、心当たりはないんですよ。もちろん、稼業が稼業ですから命を狙われるのは不思議でもなんでもないんですが、最近、他のやくざの衆と諍いはないんですよ。ですので、出入りもありません。賭場や縄張をめぐっての争いもありません。ですから、誰があっしを狙ったのか、さっぱりですよ」

紺之助は何度も首をひねってみせた。

「しかし紺之助」

丈右衛門はささやいた。紺之助が耳を近づける。血色のいい福耳だ。これなら悪運がいかにも強そうで、難を避けられたのも当然に思える。

「大きな声ではいえぬが、おまえを殺してしまえばこの一家はおしまいだ。そのことを知っている者がおまえを狙ったんだ」

「さいでしょうね」

「やくざ者に消えてもらって最も喜ぶ者は、やはりやくざ者だろうな」

横で半九郎が深くうなずく。

「つまり、わしがおきちさんの世話を見はじめたことで、おまえを狙った何者かは今回の策を立てたんだ」

丈右衛門は紺之助を見つめ、強い口調でいった。

「誰が狙ってきたか、よくよく考えろ。おまえを邪魔に見、ひいてはおまえのこの一家を潰したいと考えている者がこの世にいるんだ」

宮助を殺したのは、つきまとっていた欣二郎ではない。宮助に鹿吉を殺されたおけい、鹿太郎母子でもない。

だとすると、誰なのか。

三

「わからねえな」

文之介は歩を運びつつつぶやいた。

「なにがですかい」

うしろから勇七がきいてくる。

「誰が宮助を殺したか、さ」

「あっしも考えてみたんですけど、さっぱりわかりませんね」

文之介は大門から顔をのぞかせ、空を見た。

「今日もいい天気だな。きっといいことがあるって証だろう」

勇七に眼差しを移す。

「よし、いつまでもここでぐずぐずしててもはじまらねえ。勇七、行こう」

「でも、どこに行くんですかい」

「昨日もいったが、大本に返るってことだな。宮助について、きっと見落としていることがあるんだ」

文之介たちは、宮助が殺されていた家にやってきた。

「しかし広い家ですね。旦那、この家はどうなるんですかい。このままだと、腐りますよ。人がいなくなった家は、どういうわけか、あっという間にぼろぼろになっちまうじゃないですか」

「そうだな。あれは不思議だな。どうしてかな」

「あっしはつい最近、考えたんですけど、やっぱり住んでいる人が、家にとって魂の役割を果たしているからじゃないですかね」

「ほう、勇七、おめえ、おもしれえことをいうじゃねえか。人が家の魂か。なるほど、魂が抜けちまえば、人の体だって腐るからな。家だって当然、腐りはじめるだろうなあ」

それで旦那、と勇七が呼びかけてきた。

「この家はどうなるんですかい」

「確か、宮助には身寄りがねえって話だったな。このままだとまちがいなく御上のものだろう」

「御上のものになったそのあとは」

「誰かほしい者に、払い下げられるのかもしれねえな」

「払い下げですかい」

「仮にほしい者が何人かいるんだったら、入れ札という手立てを取るんだろう」

「入れ札は誰がやるんですかい」

「番所だろうな」

「ああ、そうなんですかい。町奉行所が行うんですかい」

勇七が納得の顔になる。

「それなら、この家屋敷がほしくて殺したということにはなりませんね」

「いや、そうはたやすくいえねえかもしれねえぞ」

「どういうことですかい」

「あまりいいたくはねえが、番所の者がこの家屋敷をほしい者と結託している場合なんかだな」

「ああ、入れ札をごまかしてその者に売り渡してしまうとか」

「ああ、そうだ」

「御番所の誰がそういう手続きを行うんですかい」

文之介は首をひねった。

「さてな。罪を得て闕所《けっしょ》になったところは、闕所方が入れ札を行うんだが、ふつうのこういうのはどこがやるんだろう」

闕所というのは、死罪に処せられたり、追放されたりした罪人の財産、地所などを取りあげることをいう。

「そのあたりのことは、俺はなにも知らねえな。この十数年、俺は番所でいったいなにをしていたんだ」

「そういうこともありますよ」

勇七が慰めてくれる。

「定廻りだから、なにもかも知っているってことにはなりませんよ」

「まあ、そうかもな」

勇七のおかげで、文之介はあっさりと気を取り直した。

「番所に戻ったら、桑木さまにきいてみることにするよ」

わかりやした、と勇七がうなずいた。

文之介は勇七とともに、近所の者に宮助のことに関して、あらためて話をききはじめた。

だが、やはり新たなことはなにもつかめない。

くそう、うまくいかねえな。

だが、やけになってもはじまらない。

こういうとき、地道に働いていることをお天道さまは見ていてくださって、そのうちご褒美をくださるに決まっているんだ。だから、ここで手を抜くわけにはいかねえんだ。

文之介は歯を食いしばって、宮助のことを調べ続けた。昼飯も食わなかった。そのことに昼をすぎてから文之介は気づいた。

「あっ、そうだ。勇七、今日の昼は鰻だったな」

勇七がやわらかくかぶりを振る。

「あっしはいりませんよ。この一件の片がついたら、連れていってください」

「すまねえな」

「いえ、いいんですよ」

「でも勇七、腹が空いたな。なにか入れたほうがいいな」

「なににしますかい」

「魚が食いてえ」

「なら、そこにしますか。煙があがっていますよ」

なんだ、そういうことか。

煙を嗅がされていたから、魚が食べたくなったのだ。

「うん、入ろう」

文之介たちは、昼をすぎてあまり人けのない十畳の座敷にあがりこんだ。

文之介は鯵の塩焼き、勇七は烏賊《いか》の煮つけを注文した。

すぐにやってきた。文之介と勇七は鯵と烏賊を少しずつ交換した。

「どっちもうめえな」

「ええ、とても新鮮ですよ。この烏賊なんてぷりぷりして、刺身で食べられそうですものね」

「この鯵も同じだぞ。刺身が食いたくなってきた」

「頼みますかい」

「また今度だ」

「旦那、とてもいい店ですね」

「まったくだ。いい店に当たると、いいことがあるんじゃねえかって思えるからな」

「きっとありますって」

二人は満足して一膳飯屋《いちぜんめしや》を出た。

そこに、町奉行所の急ぎ足の小者がちょうど通りかかった。

「おい、誠造《せいぞう》」

文之介は呼びとめた。

「ああ、御牧の旦那」

誠造が立ちどまった。土埃があがり、一瞬、誠造が見えにくくなった。文之介は手で払いのけつつ、近づいた。

「どうしたんだ、そんなにあわてて。なにかあったのか」

「御牧の旦那に使いがあったんですよ」

「誰からだ」

「一寅屋さんという口入屋の主人です」

一寅屋には昨日、足を運んだばかりだ。欣二郎を陸奥下手渡一万石の立花家の上屋敷に奉公させた口入屋である。

「使いはなんと」

「なんでも、欣二郎という人が立花さまのお屋敷からいなくなったらしい、とのことでした。立花さまから苦情が、一寅屋さんにきたようなんです」

一寅屋の主人は気を利かせ、文之介に知らせてくれたのだ。

「ありがとう、誠造」

「いえ、これがあっしの役目ですからね」

ではこれで、と一礼して誠造が走り去ってゆく。またしてももうもうたる土煙があがり、それが一陣の風に運ばれていった。

「よし、勇七、一寅屋に向かおう」

文之介は勇七とともに足早に向かった。

「そうかい、一緒に行ってくれるか」

「はい、お知らせした以上、手前にも責任がございますから」

「ありがてえ」

文之介は、一寅屋の主人とともに立花家の上屋敷を目指した。

上屋敷では、文之介は勇七と一緒に欣二郎の中間仲間に話をきくことになった。

文之介たちが屋敷のなかに入るのはさすがにはばかられたので、さいころ博打によく興じたという、がっしりとした体格の男に外に出てもらった。

話をきくあいだ、一寅屋のあるじにはしばらく離れてもらうことにした。

「昨日から欣二郎のやつ、おびえた様子だったんですよ」

男が顎のひげをさすっていった。

「昨日、一寅屋のあるじが来て、八丁堀の旦那にこんなふうに呼びだされましたね。あの路地で旦那は欣二郎から話をきいていた」

「よく知っているな」

「そこから見えるんですよ」

男が長屋門をそっと指さした。窓がたくさんある。

「そこが、うちらの中間部屋になっているんです」

「どうして欣二郎はおびえていたんだ」

「それがわからねえんです。きいても欣二郎は答えなかった」

「いつからおびえはじめたんだ」

「旦那とわかれて、中間部屋に戻ってきてからですよ。ぶるぶる震えていたんです」

「おびえた欣二郎は、なにかいっていなかったか」

「いっていましたよ」

「なんと」

男は、少しもったいをつけるような顔をした。

「ほら」

文之介は袂から紙包みを取りだし、渡した。たいして入っているわけではない。これで男の口が軽くなるなら、安いものだ。

「欣二郎のやつ、町方に知られたってことはやつにも知られるってことじゃねえか、っていってましたよ」

「ほう」

「ほかにもなにかいってましたねえ。なんだったかなあ」

文之介はまた紙包みをやった。

「ありがとうございます。——やつは口封じをされるかもしれない、とも口にしていましたよ」

つまり、欣二郎は身の危険を感じて、自ら姿を消したということか。やつはなにか知っていたのだ。昨日、もっと問い詰めなかったことが悔やまれた。

それにしても、いったい誰に害されるというのか。

「誰に口封じされるとか、いっていなかったか」

「いえ、それはいってませんでしたね」

「本当だろうな」

「はい、偽りは申しておりません」

「よし、ありがとな」

これで男に引きあげてもらうことにした。

「こちらこそありがとうございました」

　二つの紙包みの礼をにたにたした顔でいって、男が長屋門のくぐり戸に身を入れた。戸が閉まるのを見て、文之介は勇七に目を移した。

「しくじったな。欣二郎の野郎、なにか知っていやがった」

「しくじりなんかじゃありませんよ、旦那」

勇七は真摯《しんし》な光を瞳に宿している。

「今から欣二郎の居場所を突きとめれば、いいんですよ」

文之介は苦笑せざるを得ない。

「勇七、ずいぶんとたやすいことのようにいうじゃねえか」

「だって、むずかしく考えても、仕方ないですから」

「そりゃそうだな」

文之介は腕を組んだ。

だがどうすればいいか。

やはりまた同じように大名家の中間部屋に紛れこんでいるのか。別の口入屋を当たってみるか。

いや、その前に一寅屋のあるじに話をもういちどきいてみねえといけねえな。

文之介は、やや離れたところからこちらを見ている一寅屋の主人を呼んだ。主人は飼い主に呼ばれた犬のように、勇んでそばにやってきた。

「あるじ、欣二郎の居場所に心当たりはねえか」

主人が考えこむ。

「すみません、わかりません」

「そうか」

文之介は主人を見つめた。

「いろいろとすまなかったな。おまえさんはとても役に立ってくれたよ」

「そうおっしゃっていただけると、疲れも飛びます」

「じゃあ、これでな。もし欣二郎の居どころがわかったら、必ずつなぎをくれ」

「承知いたしました」

主人が腰を深々と折る。

「あの、八丁堀の旦那」

「なんだ」

「一つ、お教えいただきたいのですが」

「俺が答えられることならな」

主人が小腰をかがめる。

「あの、こんなときにこんなことを申すのはどうかと思いますが、殺された宮助さんの家産はどうなるのでございますか」

文之介は意外な思いにとらわれた。

「どうしてそんなことをきくんだ」

「手前は、住まいの周旋などもしておりまして、特に宮助さんの住まいだった家をそのままにしておくのは、まことにもったいないものでございますから。あれだけの家なら借り手はいくらでもございますし、買い手もつくはずでございます」

それだけいい物件ということなのだろう。家屋敷目当てに宮助は殺されたのかもしれぬ、との思いが、文之介のなかで泡のように浮かびあがってきた。

「宮助の家は、おそらく御上のものになるはずだ」

「やっぱりさようにございましたか」

主人が納得の顔になる。

「しかしもったいのうございます。宮助さんの家産はみな、いいところばかりでございますからな」

「そんなにいいところなのか」

「ええ、三つの長屋もいいところにございます。あれだけの長屋なら、一つ持っているだけで左うちわにございましょう。ですので、ほしい人は多いと思いますよ」

「そうか」

宮助はやはり地所絡みで殺されたのか。その疑いがますます濃くなってゆく。

「このあいだ、死骸が掘りだされたという空き家も、ほしい人がいらっしゃったんですよ。宮助さんに問い合わせがあったはずにございます。空き家を潰し、長屋にすれば相当儲かったはずです。どうして宮助さんがあの空き家を潰さなかったのか、皆、不思議に思っていたものですよ」

今はその謎が解けたということだろう。宮助としては、決して潰すわけにはいかなかったのだ。

宮助殺しが地所狙いだとして、どういう筋書きになるのか。

御上のものになったのが、入れ札を経て払い下げられる。

下手人はやはりそこまで考えているのか。

奉行所内に、下手人につながっている者が本当にいるのか。


大門に勇七を残し、文之介は奉行所の建物にあがりこんだ。

廊下を歩き、与力詰所の前に来た。

「桑木さま」

襖越しに声をかける。

「その声は文之介か」

応《いら》えがあった。

「入れ」

失礼いたします、といって文之介は襖を横に滑らせた。

「どうした」

文机の分厚い書類から顔をあげて、又兵衛がきいてきた。

河童の川流れの腹踊りを思いだしてしまい、文之介は下を向いた。

「どうした」

ますか」

「はい」

文之介はまじめな顔をあげた。

「闕所でなく公儀《こうぎ》に取りあげられることになった地所というのは、どうなるのでございますか」

「闕所方が売りにだす」

又兵衛が明快に答えた。

「なんといっても、手慣れているゆえな」

又兵衛が身を乗りだす。

「なにかその手のことで引っかかることがあるのか」

文之介は、宮助の地所のことを語った。

「そういうことか」

又兵衛が息を大きく吐き、天井を仰ぎ見た。

「文之介、大きな声ではいえぬが」

実際に声をひそめた。

「殺された前の御奉行が、そういう噂のあったお方であった」

前奉行は、打ち壊しの鎮圧に向かって、賊に鉄砲で撃ち殺されたのである。前代未聞の出来事だった。

文之介は目をみはって言葉を発した。

「そうだったのですか」

「うむ。御奉行の鶴《つる》の一声で決まったこともあった」

「今の御奉行は」

「まだ着任したばかりで、そういう噂はないな。だが、やはり働きかけはあるようだ」

文之介には、宮助が殺された背景が見えたような気がした。

宮助を殺した何者かは、今、奉行に取り入ろうと画策している最中なのだろう。

宮助の家産が御上のものになり、入れ札にかけられたり、払い下げになったりするのはまだかなり先のことだろう。そのあいだに奉行に取り入ってしまおうという魂胆ではないか。

「鶴の一声で決まったこともあった、と先ほどおっしゃいましたが、それはどこの物件のことでしょう」

又兵衛はいくつかの土地や建物の名をあげた。そのなかには藤高屋が含まれていた。

「藤高屋というと、蒲鉾屋の」

「そうだ。そういえば、殺された宮助は藤高屋に奉公していたといっていたな」

「藤高屋の地所は払い下げられたのですか。それとも入れ札に」

「払い下げられたはずだ」

藤高屋の地所は、いま呉服屋になっていた。呉服屋は吉敷屋といった。

「前の御奉行から吉敷屋に払い下げられたのですか」

「いや、あいだにどこか入ったはずだ」

ちょっと待っておれ、といって又兵衛が出ていった。

けっこう長いこと待たされた。しかしじりじりしても仕方ない。

ようやく又兵衛が戻ってきた。

「すまぬな。闕所方の者に話をきいてきた」

「ありがとうございます」

「同じ奉行所内とはいえ、信用できる者は限られておるからな。わしが信用している闕所方の者が詰所におらなんだ。戻ってきたのを、ようやくつかまえることができた」

「さようでしたか」

又兵衛が咳払いする。

「あいだに入ったのは間得屋《まとくや》という商家だ。藤高屋の地所を御奉行より払い下げてもらい、それを呉服屋の吉敷屋に転売した。相当の利益をだしたはずだと、闕所方の者は申していた」

間得屋が前の奉行と結託していたということになるのだろう。

「その間得屋というのは、どこにあるのですか」

唇を引き締めて、又兵衛がかぶりを振る。

「今はない」

「そうなのですか」

「文之介、落胆するな。そういう輩《やから》はたいてい甘い汁を忘れられぬものよ。間得屋はなくなったが、今の御奉行に取り入ろうとしているいくつかの商家のうちの一つが、元間得屋にちがいない。名を変えて存続しているのさ」

そういうことか、と宮助が藤高屋の不正を密告した理由が、今、文之介にはわかった。間得屋は藤高屋の地所がほしかった。それで、宮助に不正をばらさせ、藤高屋を廃業に追いこみ、地所を手に入れた。

宮助にはたっぷりと礼金が渡った。宮助が三つもの長屋を手に入れた元手は、これなのだろう。

魚屋の甲田屋のあるじ鹿吉が宮助に殺されたのは、密告をとめようとしたからではないか。

鹿吉にとって、大口の取引先がいきなり消えることになる。

それでは約束がちがうと憤《いきどお》った。これまで宮助にいわれるままに金を渡してきたのは、いったいなんのためだったのか。

鹿吉は、宮助がやろうとしていることを町奉行所に訴えようとしたのかもしれない。

「間得屋は今、なんという商家になっているのか」

文之介は又兵衛に問うわけでもなく口にした。

「文之介、間得屋の顔を知っている者が一人いるな」

「はい」

文之介は深く顎を引いた。

「吉敷屋のあるじですね」

「うむ、払い下げられた元藤高屋の地所を買い取ったとき、おそらくじかに会っているはずだ」


文之介は勇七を連れて吉敷屋の主人に会い、間得屋の人相をきいた。

吉敷屋の主人はよく覚えていた。

「優男でございましたな。色白の肌に少しつった目をしておりました。黒々とした瞳は眼光が鋭く、ちょっと怖い感じがいたしましたな。鼻筋が通り、口はとてもよい形をしておりました。まだ若いのに、賢そうな人にございました。やり手という感じが強く香っておりました」

文之介は勇七を見つめた。勇七がうなずく。

主人が口にした人相で思い当たるのは、一人しかいなかった。

# 四

現役の頃、丈右衛門は岡《おか》っ引《ぴき》をつかわなかった。公儀から目明《めあか》しが禁じられていたからではない。目明しから岡っ引に名を変えて生き残ったことにしっくりしないものを感じていたのは事実だが、それ以上に胡散臭さを覚えていた。

胡散臭さがあっても、事件解決に役立つのならつかってもよかったが、丈右衛門の場合、自分で調べたほうが早かった。

それでも、他の同心が好んでつかっていたから、顔なじみの岡っ引はいくらでもいた。どうしてか、丈右衛門は岡っ引たちに好かれた。

丈右衛門は隠居になった今、そういうなつかしい顔触れに次々に会っていった。

それでここ最近、伸してきている一家がどこか、きいていった。

誰もが同じ組を口にした。

一造一家とのことだ。

一造という親分に潰された一家がいくつかあるのも、丈右衛門は知った。

一造一家には、潰れた一家の子分たちもだいぶ取りこまれているという話だ。

しかも、一造はやくざ以外のことでもやり手で、小菅屋《こすげや》という商家をつくっているという。

小菅屋というのがなにかというと、土地や家の周旋をもっぱらに行う商家とのことだ。その手の周旋、斡旋をするのはたいてい口入屋と相場が決まっているが、一造は口入屋だけにまかせるのはもったいないとばかりに、手をだしてきたのだそうだ。

となると、と丈右衛門は考えた。一造が紺之助を狙ったのではないか。

紺之助は、いい場所に賭場を三つ持っている。客筋もいい。それに、いたるところに地所や家作を持っている。

紺之助を亡き者にしてしまえば、一家がばらばらになってしまうことなど、調べるまでもなく知っているだろう。

わしが紺之助に家作の紹介を頼んだことも、一造なら知っていてもおかしくない。新居を定めるときも、紺之助自ら家作をまわってくれた。

あれは、親しい間柄であることを白状したようなものだろう。

さて、どうするか。一造に会ってみるか。

警戒されるだけだろうか。

しかし、顔を見たい。見るだけならいいのではないか。

丈右衛門は一造一家に足を向けた。

るのだ。


こんなところに。それになんだ、あの犬は。

どうしてこんなところに丈右衛門があらわれた理由は一つだろう。一造一家に行こうとしてい
るのだ。

一造一家は路地の奥にある。文之介は路地の前で、丈右衛門に声をかけた。

「おう、文之介」

「おう、文之介じゃないですよ。父上、どこに行こうというんですか」

「この先だ」

路地を指さす。

「別に訪れる気はない。一造という親分の顔を見られれば、それで十分だ」

「やつの顔なら、それがしがお教えいたしますよ」

「いや、もういい。考えてみれば、文之介がすでに一造一家に目をつけていれば、わし
が一造の顔を見るまでもない」

丈右衛門がおとなしく引き下がった。

文之介は、犬とともに丈右衛門を反対側の路地に引っぱりこんだ。

「おう、勇七。ここにいたのか」

勇七が苦笑気味に丈右衛門に挨拶する。

「どうもいかんな。わしはおまえたちに迷惑をかけておるようだ」

「いえ、そのようなことはありません。一造のことを突きとめて、ここまでいらっしゃるなど、やはり並みではありませぬ」

丈右衛門が文之介を見つめてきた。やはり瞳は深い色をしている。衰えたなどということは決してない。

「一造の狙いがなにか、もうわかっているのだな」

「はい、地所狙いでしょう」

「その通りだな」

「問題は、証拠がないことです」

丈右衛門がなおも文之介を凝視してくる。

「ふむ、文之介、なにか心当たりがありそうではないか」

「はい。一人」

「ほう」

丈右衛門がすっと路地を出た。

「父上、どうかされたのですか」

「いや、その男のことをわしがきいても仕方ない」

「しかし――」

「いいんだ」

丈右衛門が犬を連れて歩きだす。

「邪魔したな」

後ろ姿が寂しげだった。声をかけたかったが、いい言葉が浮かばなかった。

代わりに犬のことをきいた。

「仕事で預かっているだけだ」

丈右衛門が去っていった。文之介は勇七に顔を向けた。

「勇七、ここで一造を張っている場合じゃねえな。それじゃあ待ちだ。攻めていかなきゃいけねえ」

「さいですね。欣二郎を探しだすのが一番でしょうね。やつはなにかを知っています」

「そうだ。やつが鍵を握っている。それはまちがいねえ」

文之介と勇七は欣二郎を徹底して探すことに決めた。

だが、闇雲に探しても見つかるわけがない。しぼらなければいけない。

「欣二郎の野郎はどこかにひそんでいる。それはまちがいねえ」

「どこですかね」

「やつの立場になってみよう。隠れ場所を探すのに、口入屋を頼ったということはなかろうな」

「ええ。口入屋をつかったんでは、居場所を手繰られてしまうことを、欣二郎はもう知っていますからね」

「だが、一度は口入屋をつかったということは、身を隠すのに都合のいい場所の心当たりがほとんどねえってことだな」

「さいでしょうね」

文之介は腕組みした。

「勇七、なにか欣二郎のことで思いだすことはねえか」

さいですねえ、と勇七がつぶやく。

「やくざ一家の多呂吉のもとにもぐりこんでいるというようなことはありませんかね」

「へまをして、指を詰められた一家だからな。ねえんじゃねえか」

「だったら、前に働いていた遠雅はどうですかね」

「欣二郎が追廻をしていた料亭か。やくざ者に乗りこまれて首になった店だ。頼りにくいだろう」

勇七が宙を見つめ、考え続ける。

「遠雅から客の食べ残しを買い取り、蒲鉾屋の藤高屋に売っていた廣野屋の廣造さんはどうでしょう。食べ残しを廣造さんに渡していたのは、欣二郎ですよね。今も親しいということはありませんか」

文之介は大きくうなずいた。

「勇七、そいつは十分に考えられる」

手を伸ばし、頭をなでてやった。

「勇七、おめえはなんて切れ者なんだ」

「旦那、ちょっと犬のような扱いはやめてください」

勇七は少し照れたような顔つきをしている。

「おう、すまなかったな」

文之介は路地からさっと出た。

「よし、勇七、行くぞ」

「へい、合点だ」

廣造の家には一度、行ったことがある。

迷うことなくすぐに視界に入ってきた。

「どうですかね。いますかね」

半町ほどの距離を置いて、文之介は廣造の家を眺めた。

「わからねえ」

文之介はうしろに控えている勇七に目をやった。

「勇七、家の背後にまわってくれ。俺は正面から訪ねてみる」

「わかりやした。もし欣二郎が飛びだしてきたら、つかまえればいいんですね」

「頼むぞ」

「まかせといてください。格好の場所に着いたら、家の奥に見えているあの竹藪《たけやぶ》を揺らしますよ」

「よし、そいつが合図だな」

「今日は風もあまりないから大丈夫と思いますけど、旦那、決して見まちがえないでくださいよ」

「勇七、そいつはいらぬ心配ってやつだぜ」

「さいでしたね。じゃあ旦那、行きますぜ」

勇七が、左に口をあけている路地にすっと入りこむ。

文之介は、矢を射こむような気持ちで竹藪を見つめていた。

風はあまりないのに、竹藪が揺れることがあり、そのたびに動きかけるが、勇七が揺らすっていうんならあんな半端な揺らし方じゃねえだろう、と思いとどまった。

まだかな。あの野郎、遅えなあ。

文之介が思った瞬間、竹藪が大きく揺れた。

合図だ。

文之介は走りだした。一気に廣造の家に近づく。

入口の戸を叩いた。

「おい、廣造はいるか。町方の御牧文之介だ。ちょっとききてえことがあって来た。ここをあけろ」

どんどんと戸を激しく叩き続けた。

「ちょっと待ってください」

ようやく声がし、戸が小さくあいた。廣造が顔をのぞかせる。

「そんなに叩かずとも、きこえますから」

「おい、欣二郎は来てねえか」

「欣二郎ですかい」

目がわずかに泳いだ。

「いえ、いねえですよ」

家の奥のほうで物音がした。

「今のはなんだ」

「鼠でしょう」

「大きな鼠じゃねえのか」

文之介は廣造を押しのけた。

「入らせてもらうぜ」

「ちょっと待ってください」

廣造が追いかけてきたが、文之介は無視した。

家を突っ切ると、畑のなかを走る小男の姿が窓から見えた。距離は十間もない。

「欣二郎っ」

文之介は叫んだ。

欣二郎が振り返る。その途端、いきなり転がった。

足に縄が絡まっていた。大木の陰にいた勇七が飛びだし、欣二郎を押さえつけた。

「勇七、ふん縛れ」

命じておいてから、文之介は走りだした。

勇七が欣二郎を立ちあがらせた。文之介は駆けこんだ。

「勇七、でかした」

いい子とばかりに頭をなでてやった。

「だから、犬のような扱いはやめてくださいって」

「すまねえ」

文之介は欣二郎に向き直った。

「おい、欣二郎。てめえ、いったいなにを知ってやがんだ。素直に吐け」

「しゃべったら、助けてもらえますか」

「よかろう」

「約束ですよ」

「まかせておけ」

文之介は胸をどんと叩いた。

欣二郎が下を向く。やがてぽつりぽつりと話しはじめた。


一造一家に世話になっているとき、欣二郎は偶然、一家の主立った者たちの密談をきいてしまった。それは、宮助を殺すというものだった。

もしこれを立ちぎきしたことを一造に知られたら、口封じをされるのはまちがいない。宮助より先にあの世に旅立つことになる。一造一家から逃げなければならない。だが、急に姿を消したら、一造はいぶかしむだろう。もし疑いを持たれたら、地の果てまで追ってくるような執念深さを持つ男だ。

それで、一計を案じた欣二郎はわざとへまをし、一造一家をお払い箱になることに成功した。

しかし一家を出たのはいいが、金がない。命を狙われていることを宮助に教えてやろうと思い、宮助のところに行った。だが宮助が欣二郎のことをうっとうしがった。金を払えばいいことを教えてやる、といったのが、しくじりだったかもしれない。

証拠といえるようなものはないが、欣二郎の証言があれば、一造一家を破滅に追いこむことはできそうだ。

「おい、今のことを証言するか」

「金をもらえるなら」

「甘えるな」

文之介はこづいた。

「でしたら、あっしは証言しません」

「金をもらってどうするんだ」

「決まってますよ。上方《かみがた》に行くんです。江戸はもういいです。怖いです、もう」

「上方のほうが怖いっていう話はきくがな」

「とにかくあっしは、まとまった金がほしいんですよ」

「よし、わかった」

文之介は欣二郎にたずねた。

「いくらほしいんだ」

「千両」

「馬鹿。死ね」

文之介は勇七に、帰るぞ、といった。

「でしたら、五百両」

文之介と勇七は無視した。

「えーい、百両」

文之介は振り向いた。

「よし、まだ高いと思うが、掛け合える額までおりてきたな。五十両だな」

「そんな」

「うるさい」

「掛け合えるって誰かに頼むんですかい」

勇七が小声できいてきた。

「俺は一人、金持ちを知っているんだ」

「藤蔵さんですかい」

「自分の父親になったばかりの人にださせようなんて思わねえよ」

文之介は勇七とともに欣二郎を奉行所に連れていった。欣二郎を穿鑿所《せんさくじょ》に入れておき、勇七に決して目を離さないようにいった。

「まかしてください」

「まかせたぞ」

文之介は又兵衛の詰所に向かった。


「それでわしに五十両だせというのか」

口を不機嫌そうに引き結んだ又兵衛が目の前に座っている。

「はい」

文之介は顎を大きく引いた。

又兵衛があきれ顔をする。

「文之介、おまえ、わしのことを金蔓《かねづる》だと勘ちがいしておらぬか。三増屋のときは、三千両もの金をだしたぞ」

「あれは、父が桑木さまに頼んだもので、それがしは存じておりませぬ」

又兵衛がにらみつけてくる。文之介はじっと見返した。

又兵衛が目をはずす。

「五十両で、欣二郎という男は本当に証言するんだろうな」

「はい、まちがいありません」

「一造という男をお縄にできるのなら、五十両は安いか」

「はい、そう思います」

「おまえにきいたわけではない。独り言よ」

又兵衛が顔をしかめ、額の汗を指先でぬぐった。

しばらく沈黙していた。

「仕方あるまい」

五

五十両を手にした欣二郎はぺらぺらとすべてをしゃべった。

欣二郎の証言は、すべて帳面に書き留められた。

欣二郎の言は詳細で、疑いようがないものだった。

朝靄《あさもや》が路地を包んでいる。一造一家の家もぼやけていた。

総勢三十人に及ばんとする奉行所の捕り手が、一造一家の家を表と裏から取り囲んだ。

指揮を執《と》るのは、又兵衛だ。馬に乗り、陣笠《じんがさ》をかぶっている。

文之介たちも鉢巻をし、襷《たすき》がけをしている。

六つを告げる鐘の音が江戸の町に響き渡る。

「いけ」

又兵衛が采配《さいはい》を振る。

「御用だ」

勇七が叫ぶ。

「あけやがれ」

だが、返事はない。

「ぶち破れ」

又兵衛が命ずる。

丸太を用いるまでもなかった。勇七があっさりと蹴破った。

勇七が飛びこむ。文之介は間をあけることなく続いた。

子分たちが次々にあらわれる。長脇差や木刀を手にしている。匕首を持っている者も少なくなかった。

刃引きの長脇差ではなく、文之介は十手を握っている。勇七を一気に追い越して前に出た。

「旦那」

「俺のほうがおめえより強いぞ」

「それはあっしも認めますよ」

「いい子だ」

文之介は、逆らう子分たちを十手で打ち倒してゆく。十手に手応えが伝わるたび、子分たちが視野から消えてゆく。

それを中間や小者たちが縛りあげてゆく。

「一造はどこだ」

文之介は声を荒らげた。

「出てきやがれ」

いきなり右手の襖が倒れてきた。

「旦那」

うしろにまわっていた勇七が文之介をかばう。

「馬鹿、勇七、下がってろ」

「でも――」

「いいから」

座敷に一人、一造がいた。刀を手にしている。

名刀といっていい造りだ。ただ、鍔《つば》が金色というのが、趣味の悪さをあらわしていた。

「おめえらしい刀、持ってるじゃねえか」

「俺のしたことがばれたのか」

「ああ。おめえらの密談を盗みぎきをした者がいる」

「誰だ」

「考えろ」

一造がかっと目を見ひらいた。

「欣二郎か」

「どうだかな」

「あの野郎」

唾を吐いた。

「わざとへまを……」

顔が赤くなってゆく。もともとが色白だけに、そのさまは、まるで夕日を浴びているような感じだ。

「この刀をつかう日がくるとは思わなかったな」

一造が刀身に眼差しを走らせた。

「おい、八丁堀」

文之介は目を向けた。

「この刀の錆《さび》にしてやる。誉れに思え」

「きさまごときにやられるか」

文之介は十手を構えた。

「行くぞ」

屋内ということもあり、一造は姿勢を低くし、刀も八双《はっそう》に構えている。

「来やがれ」

文之介は十手を体の前で構えた。

——できるな。

だが、俺が負けるわけがねえ。なんといっても俺はお春と一緒になったばかりだからだ。仕合わせがほんの十日ばかりなんてことはあり得ねえ。

一造が踏みこんできた。下からすくいあげるように刀を振ってきた。

文之介は十手で受けようとした。だが、一造の刀は変化し、十手をすり抜けてきた。

味な真似を。

文之介は手首をひねり、十手を下に向けて立てるようにした。

がきんと音がし、刀が文之介の体に届く前にとまった。

すぐさま刀が引かれた。

ちっ。

巻き取るつもりだったが、うまくいかなかった。

また下段から刀を振りあげてきた。

文之介は今度こそ十手で巻き取るつもりだった。

だが、次の瞬間、閃光《せんこう》が走った。まぶしくて刀が見えなくなった。

なんだ。まずいっ。

背筋を冷たさが駆け抜けた。

文之介はなにも考えず、うしろにはね跳んだ。

鼻先を強烈な風が通りすぎていった。

なんだ、今の光は。

文之介は再び十手を構えた。わけがわからない。

どこから光が発せられたのか。

ちっと舌打ちして、また一造が踏みだしてきた。今度は角度の浅い袈裟懸けだ。

文之介は受けとめようとした。だが、またも閃光が目を撃った。

まぶしくて、またも刀を見失った。うしろに下がると殺られるのを肌で知った。文之介は横に転がった。右耳の間際をまた風がかすめていった。

わかったぞ。あの鍔か。

金色の鍔に秘密があるようだ。

二度もかわされたことに、一造が顔をゆがめている。
最低でも二撃目で仕留めない限り、刀の秘密を覚られることは、わかっているようだ。
秘密がわかったといっても、どう対応するべきか。
道は一つだ。
文之介は腹を決めた。
こちらから突っこむしかねえ。
行くぞ。
自らに気合をかけて、文之介は突進した。
待ち構えていた一造が斬撃《ざんげき》を放ってきた。今度は胴を狙っている。
また閃光が目を射た。刀が見えない。
だが、勘だけで文之介は十手を振りおろした。刀身を避けるつもりはなかった。
俺はこんなところで死なねえ、という思いだけだった。
お春っ。
心で叫び声をあげた。文之介の手に手応えが伝わってきた。
びしっという音も耳を打つ。
やった。
文之介はすばやく右に動いた。

一造の姿が目に映った。刀を構えているが、鍔がない。畳に転がっていた。

一造が動転している。文之介はそれを見逃さず、突っこんだ。

十手を振りおろす。一造が刀をあげる。

だが、その動きは実にゆっくりだった。文之介の十手は刀をすり抜けるように動き、一造の左肩を打った。

ぐっと一造が息の詰まる声をだした。

なおも右手だけで刀を振ろうとした。文之介は右の小手に十手をぶつけていった。

骨が砕ける音がし、一造が刀を取り落とした。

膝を畳につき、文之介を見あげる。

「まだやるか」

「いや、いい。降参だ」

下を向き、ため息をついた。

「よし、勇七、縄を打ちな」

「へい」

勇七が勇んで縄を巻こうとしたとき、一造が左手を懐に突っこみ、すばやく振った。匕首を握っていた。

文之介に油断はなかった。匕首が勇七の体に届く前に、十手ではねあげていた。匕首が飛び、横の壁に当たって、ぽとりと畳に落ちた。

文之介は十手の柄で、一造の胸を打った。どん、と鈍い音がし、胸を押さえて一造が倒れこむ。

息がとまったようでしばらくもがき苦しんでいたが、ようやく呼吸が通ったらしく、ごろりと仰向けになった。

「負けたよ。今度こそ本当に降参だ」

勇七が一造の体を起こし、縄を巻いた。

「よくやった」

うしろから野太い声がした。

満面の笑みの又兵衛が、敷居際に両足を踏ん張るようにして立っていた。

六

魚屋の甲田屋の鹿太郎が、御牧家に出入りをはじめた。いいものだけを扱っているのがわかったためだ。

甲田屋はお春の気に入りになった。

鹿太郎は貫太郎たちのうどん屋に蒲鉾も入れはじめた。

うまいうどんとうまい蒲鉾の取り合わせは、評判になっているようだ。

非番の日、文之介はお春を連れて、名もないうどん屋に行った。

貫太郎がだしてきたのは、生姜たっぷりの辛いうどんだ。

「けっこう評判がいいんだよ」

貫太郎がうれしそうにいう。

「病みつきになる人が多くてさ」

「だろう」

「うん。最初は誰でもびっくりするけど、うまい、うまいっていってくれる」

「じゃあ、私にもそれをくださいな」

「はい、ありがとうございます」

「俺は蒲鉾入りのを頼む」

「はい、ありがとうございます」

うどんはすぐにやってきた。

「すごいわ」

生姜の量を見て、お春がつぶやく。

「早く食べてみなって」

「はいはい」

お春が箸を使いはじめる。いきなり咳きこんだ。涙を流している。

「大丈夫か」

文之介はさすがに心配した。

「でもおいしいわ」

お春はほほえんでくれた。

「そうだろう」

その笑顔を見て、文之介は心からの仕合わせを感じた。

蒲鉾入りのうどんは、これまで食べたことがないほど、うまかった。

「こいつはすげえ」

「うどんと蒲鉾ってこんなに合うんだ」

「両方ともうまいからね」

「私にもちょうだい」

お春が文之介にいう。

「いいよ」

文之介は代わりにお春のうどんを食べた。

咳きこんだ。

お春が文之介を見て、笑いをこらえている。貫太郎や妹のおえん、親父は腹を抱えていた。

「なんだ、どうした」

「あなた、鼻からうどんが」

ふん、とやったら、うどんがぽとりと丼《どんぶり》に落ちた。

「あっ」

それでまた狭い店内は笑いに包まれた。

ああ、思い切り笑えるってのはいいなあ、と文之介は思った。

「ずいぶんとにぎやかだな」

丈右衛門が暖簾から顔をのぞかせた。

外で犬が鳴いた。

「この前の犬ですね」

文之介は察した。

「ああ。うちで飼うことになった」

お知佳も顔を見せた。いつもと同じくお勢をおぶっている。

「情が移ってしまい、もうどこにも預けられぬとおっしゃるんです」

「すると雌犬ですね」

「よくわかりますね」

「父上は女性に弱いですから」

「おまえほどではない」

とにかく丈右衛門の一家は家族が増えるのだ。

文之介はお春を見つめた。

お春が見つめ返してきた。そっとほほえむ。

その笑顔は信じられないほど神々《こうごう》しかった。

一緒になってよかったと心の底から文之介は思った。

二〇〇九年七月　徳間文庫

光文社文庫

長編時代小説
門《かど》出《で》の陽《ひ》射《ざ》し　父子《おやこ》十手《じって》捕物《とりもの》日記《にっき》
著　者　鈴《すず》　木《き》　英《えい》　治《じ》

2022年7月20日　初版1刷発行

発行者　鈴　木　広　和
印　刷　堀　内　印　刷
製　本　榎　本　製　本

発行所　株式会社　光　文　社
〒112-8011　東京都文京区音羽1-16-6
電話　(03)5395-8149　編　集　部
8116　書籍販売部
8125　業　務　部


ISBN978-4-334-79393-7　Printed in Japan



組版　萩原印刷